हिन्द पॉकेट बुक्स

मौत की छाया

सर आर्थर इग्नाशियस कॉनन डायल एक स्कॉटिश चिकित्सक और लेखक थे, जिन्हें अधिकतर जासूस शरलक होम्ज़ की उनकी कहानियों और प्रोफ़ेसर चैलेंजर के साहसिक कारनामों के लिए जाना जाता है। वह विज्ञान कल्पना कथाएँ, ऐतिहासिक उपन्यासों, नाटकों और रोमांस, कविता और विभिन्न कल्पना साहित्य के एक विपुल लेखक थे।

मौत की छाया

कॉनन डायल

हिन्द पॉकेट बुक्स
पेंगुइन रैंडम हाउस इम्प्रिंट

हिन्द पॉकेट बुक्स

यूएसए | कनाडा | यूके | आयरलैंड | ऑस्ट्रेलिया | सिंगापुर
न्यू ज़ीलैंड | भारत | दक्षिण अफ्रीका | चीन

हिन्द पॉकेट बुक्स, पेंगुइन रैंडम हाउस ग्रुप ऑफ़ कम्पनीज़ का हिस्सा है,
जिसका पता global.penguinrandomhouse.com पर मिलेगा

पेंगुइन रैंडम हाउस इंडिया प्रा. लि.,
चौथी मंजिल, कैपिटल टावर -1, एम जी रोड,
गुड़गांव 122 002, हरियाणा, भारत

पेंगुइन
रैंडम हाउस
इंडिया

प्रथम संस्करण हिन्द पॉकेट बुक्स द्वारा 2000 में प्रकाशित
यह संस्करण हिन्द पॉकेट बुक्स में पेंगुइन रैंडम हाउस द्वारा 2022 में प्रकाशित

10 9 8 7 6 5 4 3 2

इस पुस्तक में व्यक्त विचार लेखक के अपने हैं, जिनका यथासंभव तथ्यात्मक सत्यापन किया गया है, और इस संबंध में प्रकाशक एवं सहयोगी प्रकाशक किसी भी रूप में उत्तरदायी नहीं हैं।

ISBN 9789353493653

मुद्रकः रेप्रो इंडिया लिमिटेड

www.penguin.co.in

FSC www.fsc.org MIX Paper from responsible sources FSC® C047271

This is a legitimate digitally printed version of the book and therefore might not have certain extra finishing on the cover.

पहला भाग

1

मेरा मित्र शरलक होम्ज़ अपने विचारों में डूबा मेज़ के पास बैठा था। नाश्ते की चीज़ें ज्यों की त्यों पड़ी-पड़ी ठंडी हो गई थीं, क्योंकि उसका समस्त ध्यान काग़ज़ के उस टुकड़े पर केंद्रित था जिसे वह अपने सामने मेज़ पर रखे घूर रहा था। फिर एकाएक जैसे वह अपने-आपसे बोल उठा, "इसमें कोई संदेह नहीं कि लिखावट पोरलाक की है। वही 'ई' अक्षर को इसी विशेष ढंग से लिखा करता है–और यदि यह पत्र पोरलाक ने भेजा है तो अवश्य ही महत्त्वपूर्ण होगा..."

वह अभी कुछ और भी कहता, लेकिन मैंने बात काटते हुए पूछा,

"आखिर यह पोरलाक है कौन?"

होम्ज़ ने मेरी ओर नज़र उठाकर देखा, फिर मानो समझाते हुए बोला, "वाटसन, मेरे मित्र! पोरलाक एक फर्ज़ी नाम है। स्वयं उसने पिछले पत्र में लिखा था कि पोरलाक उसका असली नाम नहीं और मैं लाख कोशिश करूं तो भी वास्तविकता नहीं जान सकता–जो भी हो, इस पोरलाक के व्यक्तित्व में मुझे विशेष दिलचस्पी नहीं। मेरे लिए यह नाम केवल इसलिए महत्त्वपूर्ण है क्योंकि इसका सम्बंध एक अन्य व्यक्ति से है–क्या तुमने कभी मेरे मुंह से मूरियाटी का नाम सुना है?''

"क्या उस वैज्ञानिक अपराधी का जो चोरों और हत्यारों के गिरोह में इस प्रकार शामिल है जैसे...''

"भगवान के लिए उसके बारे में ऐसे शब्द न कहो वाटसन।'' होम्ज़ ने मुझे टोकते हुए कहा–

"मूरियाटी को अपराधी कहना उसकी मानहानि करना है। यद्यपि मुझे मालूम है कि वह बहुत बड़ा साज़िशी व्यक्ति है। आए दिन नई-नई शैतानी कार्रवाइयां उसके दिमाग़ में पनपती हैं और वह इस चतुराई से अपने-आपको सात पर्दों में छुपाए हुए है कि यदि तुम्हारे मुंह से निकले हुए ये शब्द, जो अभी तुम उसके बारे में कह रहे थे, उसके कानों तक पहुंच जाएं और उनके आधार पर वह तुम्हारे विरुद्ध अपनी तौहीन का दावा कर दे, तो अधिक नहीं तो तुम्हारी एक वर्ष की पेंशन उसे अवश्य ही हरजाने के रूप में मिल जाएगी। जनसाधरण की नज़रों में वह दुराचारी या कुकर्मी नहीं, एक प्रामाणिक विद्वान माना जाता है, एक उच्च श्रेणी का गणितज्ञ, जिसने इस विषय पर कई शानदार पुस्तकें लिखी हैं–यह पोरलाक तो उस ज़बरदस्त शृंखला की

एक छोटी-सी कड़ी है और चूंकि वह छोटी है इसलिए पूरी तरह मज़बूत भी नहीं है।"

"तो फिर क्यों न हम उस ज़बरदस्त ज़ंजीर को तोड़ने की शुरुआत इस कमज़ोर कड़ी से करें?"

"मेरा भी यही ख़याल है वाटसन, और इसीलिए मैं कभी-कभी उसे कुछ पैसे भी भेजता रहता हूं और मुझे मानना पड़ेगा कि एक– दो बार उसने मेरे कार्य में मेरी सहायता भी की है। और अब यह लिखावट जो उसने खुफिया अंकों में लिख भेजी है, मुझे विश्वास है, इन उल्टे-सीधे अंकों में अवश्य ही कोई महत्त्वपूर्ण संदेश छिपा होगा– लो, जरा देखो।''

यह कहकर होम्ज़ ने काग़ज़ का वह टुकड़ा मेरी ओर बढ़ा दिया जिस पर ये अंक दर्ज थे :

534-क-2-13-127-36-31-4-17

21-41-डगलस-109-293-5-37

बर्लस्टोन-26-बर्लस्टोन-9-127-171

"क्यों, क्या कुछ समझ में आया?"

"नहीं भई, मेरी समझ में तो खाक नहीं आया, सिवाय इसके कि कोई व्यक्ति तुम्हें गुप्त रूप से कोई विशेष सूचना देना चाहता है।''

"बिलकुल ठीक समझे। लेकिन मुश्किल तो यह है कि जब तक इस गुप्त लिखावट की कुंजी मौजूद न हो, कोई इसका मतलब कैसे निकाल सकता है! फिर भी अनुमान से मैं इतना ज़रूर जान पाया हूं कि ये अंक अवश्य ही किसी पुस्तक के पृष्ठों और शब्दों की ओर

संकेत करते हैं ......"

"लेकिन इन अंकों के बीच ये दो नाम डगलस और बर्लस्टोन क्यों जोड़ दिए गए हैं?"

"अरे भई, ये दो शब्द उस पुस्तक में, जिसके शब्दों का हवाला दिया गया है, मौजूद न होंगे इसलिए..."

"खैर, जो कुछ तुम कहते हो ठीक ही होगा, लेकिन भेजनेवाले ने कोई ऐसा संकेत भी तो नहीं दिया जिससे उस पुस्तक का नाम मालूम किया जा सके।"

"तुम भी कमाल करते हो वाटसन! क्या कोई व्यक्ति इतना मूर्ख हो सकता है कि लिफाफे में गुप्त संदेश और उसकी कुंजी एक साथ भेज दे! अब तो बस एक ही आशा है कि शायद दूसरी डाक में इस प्रकार का कोई पत्र आ जाए..."

शब्द अभी उसके मुंह में ही थे कि नौकर एक लिफाफा हाथ में लिए भीतर आया। होम्ज़ ने बड़ी अधीरता से हाथ बढ़ाकर तुरंत वह लिफाफा ले लिया और उसी अधीरता से उसे खोलते हुए प्रसन्नतावश चीख-सा उठा, "उसी पोरलाक का पत्र है वाटसन! और इस बार कमबख्त ने पत्र के नीचे अपने हस्ताक्षर भी कर दिए हैं..." लेकिन उसकी यह प्रसन्नता क्षणिक सिद्ध हुई। पत्र पढ़ने के साथ-साथ उसके माथे पर बल पड़ते गए और अंत में पत्र को मेज़ पर पटकते हुए वह बोला, "हे मेरे भगवान! उसने तो सारी आशाओं पर पानी फेर दिया।" इस पर मैंने वह पत्र उठा लिया। लिखा था :

डीयर मिस्टर होम्ज़,

इससे पूर्व मैंने जिस मामले कि चर्चा छेड़ी थी उसे वहीं

समाप्त समझ लिया जाए क्योंकि अगला कदम उठाना अत्यंत खतरनाक होगा। वास्तव में वह मुझ पर संदेह करने लगा है। जब मैं अपनी पिछली लिखावट की तालिका इस लिफाफे में बंद करके इस पर पता लिख चुका था तो न जाने कहां से वह एकाएक मेरे सिर पर आं पहुंचा।

भगवान को लाख-लाख धन्यवाद कि मैंने समय पर सावधान होकर पता ढंक दिया अन्यथा न जाने क्या अनर्थ हो जाता और इसीलिए मेरी आपसे प्रार्थना है कि आप वह खुफिया संदेश तुरंत नष्ट कर दें। यों भी बिना तालिका के वह आपके लिए बेकार है, लेकिन मेरे लिए अत्यंत हानिकारक।

– फ्रेड पोरलाक

"मैं नहीं कह सकता वाटसन," होम्ज़ ने कुछ सोचते हुए कहा, "कि पोरलाक ने जिस भय का ज़िक्र किया है उसमें कुछ वास्तविकता भी है या नहीं! सम्भव है, अकारण ही उसके मन में यह भ्रम पैदा हो गया हो कि प्रोफेसर मूरियाटी उस पर संदेह करने लगा है–जो हो, इस पत्र की लिखावट से साफ पता चलता है कि हमारे मित्र पोरलाक के मन को भारी आघात पहुंचा है।"

"हो सकता है," कहते हुए मैंने वह पहला रहस्यपूर्ण संदेश, जो पोरलाक ने पिछले पत्र में भेजा था और अब तक होम्ज़ के सामने मेज़ पर पड़ा था, उठा लिया। "कितने अफसोस की बात है कि एक अत्यंत महत्त्वपूर्ण रहस्य इस कागज़ के टुकड़े में बंद है और हम उसे समझ नहीं सकते!"

"लेकिन वाटसन, इस प्रकार निराश होने से तो काम नहीं चलेगा," होम्ज़ ने अपनी कुर्सी की पुश्त से टेक लगाकर छत की

ओर निहारते हुए कहा, "हमें कुछ-न-कुछ कोशिश ज़रूर करनी चाहिए, सम्भव है, कुछ हाथ लग जाए। और अब, एक बार फिर मैं कहता हूं कि इन अंकों का सम्बंध अवश्य ही किसी पुस्तक से है।"

"पुस्तकें तो संसार में लाखों हैं होम्ज़, क्या मालूम उसने किस पुस्तक से ये अंक लिखे हों?"

"सो तो ठीक है, फिर भी देखो, सबसे पहला अंक 534 है– जिसका अर्थ यह लगाया जा सकता है कि उसका मतलब किसी पुस्तक के पृष्ठ नं. 534 से होगा। प्रत्यक्ष है कि वह पुस्तक इतनी मोटी होगी जिसमें कम-से-कम 534 पृष्ठ हों। इसके बाद उसने अक्षर 'क' और अंक 2 लिखा है। क्या इसका यह मतलब नहीं हो सकता कि पृष्ठ नं. 534, कॉलम नं. 2..."

"ओह, तो तुम्हारे ख़याल में वह पुस्तक दो-कॉलमी है!"

"बेशक।"

"तो सुनो, कहीं उसका संकेत बाइबल की ओर तो नहीं?"

"हो सकता है; लेकिन बाइबल के इतने विभिन्न संस्करण छप चुके हैं कि किसी एक का दूसरे से मेल नहीं बैठता और मेरे पास बहुत छोटी बाइबल है जबकि पोरलाक ने अवश्य ही किसी ऐसी पुस्तक से अंक लिए होंगे, जिसके बारे में वह जानता होगा कि मेरे पास मौजूद है..."

"तो फिर उस जंत्री के बारे में तुम्हारा क्या विचार है?" मैंने आलमारी में रखी बड़ी जंत्री की ओर संकेत करते हुए कहा।

"वाह, वाह– अब की बार तुमने खुश कर दिया वाटसन।"

और यह कहते-कहते होम्ज़ ने उठकर आलमारी से जंत्री निकाल ली और फिर बड़ी उत्सुकता से उसके पन्ने उलटते हुए बोला–

"देखो, पृष्ठ नं. 534 पर क्या लिखा है। नं. 13 का शब्द है 'वहां' और उसके बाद नं. 127 का शब्द है 'है'।" और इसके साथ ही होम्ज़ की आंखों में जोशीली चमक उभर आई, शायद शब्द अर्थपूर्ण नज़र आने लगे थे।

एकाएक वह बोला, "वाटसन, अब हम सफलता की मंज़िल पर पहुंच गए, क्योंकि तीसरा शब्द है 'खतरा'–अच्छा, अब ज़रा तुम लिखना शुरू करो, 'वहां...है...खतरा...जो सम्भव है बहुत शीघ्र घटित हो। इसके आगे 'डगलस' का शब्द लिखा है–'धनाढ्य व्यक्ति जो बर्लस्टोन में रहता है। अति आवश्यक...' कहो वाटसन! अब तो बात साफ हो गई?"

इस बार भी ये शब्द अभी होम्ज़ के मुंह में थे कि उसके नौकर ने पुनः दरवाज़ा खोला और उसके रास्ता देने पर स्कॉटलैंड यार्ड का नामी जासूस इंस्पेक्टर मेकडॉनल्ड हमारे सम्मुख आ खड़ा हुआ।

"आइए, आइए, मिस्टर मेक," होम्ज़ ने उठकर जासूस का स्वागत करते हुए कहा, "क्या आज फिर कोई असाधारण घटना घटी है?"

"आपका अनुमान बिलकुल सही है, मिस्टर होम्ज़, लेकिन..." कहते-कहते वह एकदम रुक गया और आश्चर्यचकित नेत्रों से उस कागज़ की ओर देखने लगा जिस पर मैंने होम्ज़ के लिखवाने से वे असंगत-से शब्द लिखे थे।

"कमाल है!" वह और भी आश्चर्य से बोला,"बर्लस्टोन... डगलस...ओह मिस्टर होम्ज़, आखिर आपको ये नाम कैसे मालूम हुए?

कहीं आप जादूगर तो नहीं?"

"यही समझ लीजिए।" होम्ज़ ने मुस्कराकर कहा, "लेकिन हुआ क्या? आप इन नामों को देखकर परेशान क्यों हो गए हैं?"

खुफिया पुलिस के इंस्पेक्टर ने एक बार फिर हम दोनों को बारी-बारी देखा और फिर मरी-सी आवाज़ में बोला, "बर्लस्टोन के मेयज़ हाउस में रहनेवाले मिस्टर डगलस को किसी ने भयानक रूप से कत्ल कर दिया है।"

आयु-भर अपराधों और अपराधियों से जूझते रहने के कारण मेरे मित्र शरलक होम्ज़ का स्वभाव कुछ ऐसा बन चुका था कि इस प्रकार की खबर सुनकर, जैसी कि नवागंतुक जासूस ने सुनाई थी, उस पर कोई असाधारण प्रतिक्रिया न होती थी और इसीलिए उसके मुंह से केवल ये शब्द निकले, "बड़ी अजीब बात है!"

"इससे भी अजीब बात तो आपको घटनास्थल पर चलकर मालूम होगी, जब आप देखेंगे कि अपराधी ने बड़े ही रहस्यपूर्ण ढंग से हत्या की है। लेकिन इससे पहले मैं यह जानना चाहूंगा कि आखिर खतरे की यह पूर्व-सूचना आपको कैसे मिली? और जब सूचना मिल गई थी तो..."

होम्ज़ ने हाथ के संकेत से उसे चुप कराते हुए कहा, "अब इस बहस से कुछ प्राप्त न होगा मिस्टर मेक! जो होना था हो चुका। फिर भी एक विशेष कारण से चूंकि मुझे इस वारदात में दिलचस्पी है, इसलिए घटनास्थल पर जाने से पहले मैं आपसे पूछना चाहूंगा कि हत्या के साथ चोरी की वारदात तो शामिल नहीं?"

"जी नहीं।"

"हत्यारे का कोई सुराग मिला?"

"जी नहीं।"

"आपको इस घटना की सूचना कब मिली?"

"अभी डेढ़ घंटा पहले–बर्लस्टोन के पुलिस अफसर का तार पहुंचा कि..."

"ठीक है, हमें तुरंत बर्लस्टोन के लिए रवाना हो जाना चाहिए।"

2

और अब थोड़े समय के लिए मैं अर्थात् इस वृत्तांत का लेखक डॉ. वाटसन, अपने तुच्छ व्यक्तित्व को एक ओर रखते हुए वे हालात बयान करता हूं जो घटनास्थल पर पहुंचने के बाद हमें क्रमशः मालूम हुए, क्योंकि इस विचित्र और रहस्यपूर्ण दास्तान को पढ़नेवाले इसी प्रकार उन घटनाओं का महत्त्व समझ पाएंगे जो इस वारदात से सम्बंधित हैं।

बर्लस्टोन का छोटा-सा कस्बा इलाका सेक्सेस की उत्तरी सीमा पर स्थित है, जिसमें अधिकतर मकान पुरानी तर्ज़ के तथा लकड़ी के बने हुए हैं। सदियों से इस कस्बे की यही हालत चली आ रही

थी। लेकिन पिछले कुछ वर्षों में यहां के शांत और सुंदर वातावरण को देखते हुए कुछ खुशहाल लोग भी इसके आसपास आबाद हो गए थे और जंगलों में ढंकी-छुपी उनकी कोठियां बड़ी शानदार मालूम होती थीं। कस्बे से लगभग आधे मील की दूरी पर एक बहुत बड़े बाग में, जिसमें ऊंचे-ऊंचे सनोबर के पेड़ उगे हुए थे, मेयज़ हाउस नाम की विशाल इमारत खड़ी थी। इमारत का कुछ भाग पहले सलीबी युद्ध के ज़माने में तैयार हुआ था और कहा जाता था कि तत्कालीन ब्रिटिश सम्राट ने अपने एक कर्मचारी की सेवाओं से प्रसन्न होकर यह भूमि उसे प्रदान कर दी थी और उस कर्मचारी ने यहां एक दुर्ग बनवाया था। दुर्ग की रक्षा के लिए भीतर और बाहर दो खंदकें बनवाई गई थीं, लेकिन समय पड़ने पर बाहरी खंदक तो बिलकुल खुश्क हो गई और अब सब्ज़ी आदि उगाने के काम आती थी, लेकिन भीतरी खंदक अपनी पूरी चौड़ाई के साथ अब भी मौजूद थी। उसमें एक नदी का पानी आता था और वह चूंकि आगे जाकर एक झील में गिर जाता था इसलिए खंदक हमेशा ताज़े पानी से भरी रहती थी। गहराई अलबत्ता उसकी धीरे-धीरे कम होती जा रही थी। इमारत की निचली मंज़िल की खिड़कियां पानी के स्तर से केवल एक फुट ऊंची थीं। ड्योढ़ी तक पहुंचने के लिए एक पुल बना हुआ था जिसकी ज़ंजीरों को ज़ंग लग गया था, लेकिन इधर कुछ समय पूर्व इमारत के नए वासी ने नए सिरे से पुल की मरम्मत करवाकर उसे व्यवहार योग्य बना लिया था और घर में रहनेवालों का नियम था कि लकड़ी का वह पुल रात को खंदक पर से उठवा लेते थे और दिन निकलने पर उसे फिर डाल दिया जाता था–और यह बात उन रहस्यपूर्ण घटनाओं को समझने के लिए, जिनका उल्लेख आगे चलकर होगा, विशेष रूप से स्मरणीय है।

कई वर्षों तक खाली पड़ी रहने के बाद इस इमारत को अपने निवास के लिए जॉन डगलस नाम के एक व्यक्ति ने लिया था। घर में केवल दो प्राणी थे–जॉन डगलस और उसकी पत्नी। डगलस की आयु पचास वर्ष के लगभग थी। मज़बूत जबड़ा, चेहरे पर खुरदरेपन के लक्षण। मूंछों में यहां-वहां सफेद बाल। तेज़ चमकीली आंखें। शरीर यद्यपि दुबला पड़ गया था, लेकिन इस आयु में भी उसमें नवयुवकों-सी शक्ति और फुर्ती मौजूद थी। रुपये-पैसे की भी उसके पास कोई कमी न थी और आमतौर पर यह समझा जाता था कि उसने कैलीफोर्निया की सोने की खानों में काम करते हुए बहुत-सा धन कमाया था। उसकी तथा उसकी पत्नी की बातों से यह भी पता चलता था कि उसकी आयु का अधिकांश भाग अमेरिका में गुज़रा था। पत्नी के बारे में लोगों की धारणा यह थी कि वह कोई अंग्रेज महिला है और जॉन डलगस से उसकी मुलाकात लंदन में उन दिनों हुई थी जब डगलस की पहली पत्नी का देहांत हो चुका था। महिला असाधारण रूप से सुंदर थी। लम्बा कद, इकहरा बदन, तीखे नैन-नक्श और गुलाबी मुखड़ा। आयु में भी वह पति से लगभग बीस वर्ष छोटी थी, लेकिन पति-पत्नी के सम्बंध बड़े संतोषजनक नज़र आते थे। यद्यपि कुछ लोगों का ख़याल यह भी था कि उन्हें एक-दूसरे पर पूर्ण विश्वास नहीं था। और इसंका कारण वे यह बताते थे कि पत्नी पति के गत जीवन के बारे में हमेशा मौन रहती थी। और यह ख़याल और भी ज़ोर पकड़ गया जब वे विशेष घटनाएं, जिनका इस दास्तान से सम्बंध है, घटित हुईं।

लेकिन दास्तान को आगे चलाने से पहले एक और व्यक्ति की चर्चा अत्यंत आवश्यक है जो कभी-कभी इस मकान में आकर रहता था। नाम उसका सेसिल बार्कर था और बर्लस्टोन कस्बे के सभी लोग

उसके नाम और शक्ल-सूरत से परिचित थे। यह व्यक्ति इसलिए भी उल्लेखनीय है क्योंकि एकमात्र यही व्यक्ति था जिसे मिस्टर डगलस के गत जीवन के रहस्य की पूरी-पूरी जानकारी थी। देखने में तो वह इंग्लैंड-निवासी मालूम होता था, लेकिन कुछ अवसरों पर बातचीत के दौरान यह पता चल गया था कि डगलस से उसकी पहली मुलाकात अमेरिका में हुई थी और वहीं उनमें मित्रता की नींव पड़ी थी। आयु में भी वह डगलस से कई वर्ष छोटा–अधिक-से-अधिक पैंतालीस वर्ष का था। लम्बा कद, गठीला बदन और चेहरा दाढ़ी-मूंछ से सफाचट।

डगलस और उसकी पत्नी से बार्कर के सम्बंध बड़े घनिष्ठ थे, लेकिन मालूम होता था, डगलस को यह बात कुछ अधिक पसंद न थी कि बार्कर उसकी पत्नी से भी वैसा ही मेल-जोल रखे जैसाकि स्वयं उससे रखता था।

घर के शेष प्राणियों में यदि कोई उल्लेखनीय था तो दारोगा एम्ज़ और एक पले हुए बदन की हंसमुख महिला मिसेज़ एलन–जो मिसेज़ डगलस के कामों में सहायता दिया करती थी। इन दो के अतिरिक्त घर में छः नौकर और थे लेकिन वे बस नौकर ही थे।

३

बर्लस्टोन पहुंचने पर हमें मालूम हुआ कि पिछली रात को पौने बारह बजे थे जब इस वारदात कि पहली सूचना स्थानीय थाने के इंचार्ज सार्जेंट विलसन को दी गई। बताया गया कि उस समय मिस्टर सेसिल बार्कर बेहद घबराए हुये थाने पहुंचे और उन्होंने बताया कि मेयज़ हाउस में बड़ी भयंकर दुर्घटना हो गई है, अर्थात किसी ने मिस्टर जॉन डगलस कि हत्या कर दी है–बस, यह सूचना देकर वे उल्टे पांव वापस चले गए।

सार्जेंट विलसन ने तुरंत उच्चाधिकारियों को इस विषय में तार दिए और फिर पंद्रह मिनट के अंदर-अंदर मेयज़ हाउस जा पहुंचा।

उसने देखा कि खंदक पर पुल पड़ा हुआ था और सभी खिड़कियों से रोशनी छन-छनकर बाहर आ रही थी। सभी नौकर बड़ी भयभीत अवस्था में सहमे हुए ड्योढ़ी में खड़े थे और घर का दारोगा बड़े दरवाज़े के पास खड़ा बड़ी बेबसी से हाथ मल रहा था। पूरे घर में यदि कोई व्यक्ति अपने होशो-हवास संभाले हुए था तो केवल सेसिल बार्कर। उसी ने ड्योढ़ी के एक ओर बना हुआ दरवाज़ा खोला और सार्जेंट को इशारे से भीतर आने को कहा। ठीक उसी समय कस्बे के एकमात्र डॉक्टर मिस्टर वुड, जिन्हें इस दुर्धटना की सूचना भेज दी गई थी, भी आ पहुंचे,और फिर तीनों व्यक्तियों ने लगभग एक साथ उस कमरे में प्रवेश किया जो उस भयानक दुर्धटना का केंद्र बना हुआ था। उनके पीछे-पीछे भयभीत दारोगा भी भीतर चला आया।

आभागे डगलस कि लाश कमरे के बीचोबीच पीठ के बल पड़ी थी और उसकी दोनों बांहे सिर के ऊपर की ओर फैली हुई थीं। उसने गुलाबी रंग का ड्रेसिंग गाउन, सोने के समय के कपड़ों पर पहन रखा था और उसके पांवों में कार्पेट स्लीपर थे। डॉक्टर ने तुरंत मेज़ पर रखा हुआ लैम्प उठा लिया और झुककर लाश का मुआयना करने लगा। इतना उसने एक नज़र देखते ही जान लिया था की यहां उसका चिकित्सा-विज्ञान बिलकुल बेकार है, क्योंकि लाश बिलकुल सर्द पड़ चुकी थी। एक विचित्र बात यह देखी गई की मृत की छाती पर एक नए ढंग का हथियार पड़ा था, अर्थात् एक शिकारी बंदूक जिसकी नालियां उसके घोड़ों से लगभग एक फूट आगे काट दी गई थी। इसके अतिरिक्त ज़ख्मों की हालत देखकर बड़ी आसानी से अनुमान लगाया जा सकता था की उस कटी हुई नालियों की बंदूक से बिलकुल पास खड़े होकर फायर

किया गया था और छर्रा-बारूद जो कुछ उसके भीतर भरा था, वह इस ज़ोर से मृत के चेहरे पर पड़ा था कि चेहरा झुलसने के साथ–साथ सिर भी बुरी तरह फट गया था।

स्वाभाविक रूप से गांव की कोतवाली का इंचार्ज इस भारी ज़िम्मेदारी को देखकर, जो अकस्मात् उसके कंधों पर आ पड़ी थी, बड़ा परेशान हुआ। सहमी हुई नज़रों से उस भयानक लाश को देखते हुए उसने दबी ज़बान में कहा :

"मेरी राय में जब तक पुलिस का कोई बड़ा अफसर मौके पर न आ जाए, हमें किसी भी वस्तु को उसके स्थान से हिलाना नहीं चाहिए।"

"आप ठीक कहते हैं," सेसिल बार्कर ने हामी भरते हुए कहा, "और मैं अपनी ओर से इस बात का विश्वास दिलाता हूं कि अब तक किसी वस्तु को छुआ तक नहीं गया।"

"लेकिन यह वारदात हुई कै बजे?" सार्जेंट ने अपनी नोटबुक और पेंसिल जेब से निकालते हुए पूछा।

"उस समय साढ़े ग्यारह बजे थे। मैंने सोने के लिए अभी अपने कपड़े उतारने ही शुरू किए थे कि एकाएक मुझे बंदूक चलने की आवाज़ सुनाई दी–लेकिन मालूम होता है, हत्यारे ने किसी युक्ति से आवाज़ को इतना मद्धम बना दिया था कि केवल हल्की-सी आवाज़ मेरे कानों में आई। उसके बाद मेरे दौड़कर इस कमरे तक पहुंचने में अधिक-से-अधिक आधा मिनट लगा होगा..."

"क्या दरवाज़ा खुला था?"

"जी हां, खुला था और मेरा मित्र इसी हालत में फर्श पर पड़ा

था, जैसाकि अब तक पड़ा है। मेज़ पर एक मोमबत्ती जल रही थी। लैम्प, जो इस समय मेज़ पर रखा है, उसे मैंने यहां आने के बाद जलाया था।"

"उस समय आपने यहां या कहीं आसपास कोई आदमी देखा?"

"जी नहीं, हुआ यह कि इस कमरे में पहुंचते ही मुझे अहसास हुआ कि मिसेज़ डगलस भी मेरे पीछे-पीछे लपकी चली आ रही हैं। मैं तुरंत पीछे मुड़ा ताकि उन्हें सीढ़ियों पर ही रोक दूं, और वे इस भयानक दृश्य को न देख सकें। आखिर बड़ी मुश्किल से मैंने घर की बड़ी नौकरानी मिसेज़ एलन के साथ उन्हें वापस भेज दिया। इतने में दारोगा एम्ज़ भी वहां आ पहुंचा था—अतएव हम दोनों एक साथ तेज़-तेज़ कदम उठाते हुए कमरे में दाखिल हुए।"

"लेकिन मैंने सुना है कि खंदक का पुल रात-भर उठा रहता है। क्या आज ऐसा नहीं हुआ था?"

"पुल बेशक उठा हुआ था और स्वयं मैंने ही उसे पुनः डलवाया था।"

"इस सूरत में, जबकि पुल उठा हुआ था, सवाल पैदा होता है कि हत्यारा फरार कैसे हुआ...? कहीं यह आत्महत्या का मामला तो नहीं?"

"पहले-पहल यह विचार मेरे मन में भी आया था," बार्कर ने उत्तर दिया, "लेकिन ज़रा इस ओर आकर देखिए।" और यह कहते हुए उसने एक ओर का पर्दा हटाया तो एक खिड़की पूरे तौर पर खुली हुई दिखाई दी। "और अब ज़रा इसको भी देखिए" उसने लैम्प उठाकर खिड़की के छज्जे पर एक ऐसी जगह रोशनी डाली जहां लहू

में सने जूतों का निशान बना हुआ था, "क्या इसका यह मतलब नहीं कि हत्यारा इसी ओर से भागा है?"

"लेकिन इस हालत में उसने खंदक कैसे पार की होगी? क्या आप यह कहना चाहते हैं कि वह पानी में से निकल गया है?"

"मेरा तो यही ख़याल है।"

"तो इसका मतलब यह भी है कि जब आप वारदात के आधे मिनट के भीतर-भीतर यहां पहुंच गए थे तो उस समय हत्यारा अवश्य ही खंदक में होगा।"

"शायद ऐसा ही हो। लेकिन मुझसे यह चूक हो गई कि मैंने इस खिड़की की ओर नहीं देखा और इसका कारण यह है कि खिड़की के आगे यह पर्दा इसी तरफ तना हुआ था। दूसरा कारण, जैसाकि मैं पहले बता चुका हूं, मिसेज़ डगलस का इस ओर आना था और मैं नहीं चाहता था कि..."

"हूं," सार्जेंट ने बात को समझते हुए हुंकारा भरा, लेकिन फिर तुरंत ही कह उठा, "यदि यह मान लिया जाए कि हत्यारा इस खंदक में से गुज़रकर पार निकल गया, तो भी सवाल पैदा होता है कि आखिर वह आया किधर से? पुल तो उस समय उठा हुआ था और खिड़की भीतर से बंद होगी।"

"हां", बार्कर ने कुछ सोचते हुए कहा, "निःसंदेह यह बात विचारणीय है।"

"पुल कै बजे उठाया गया था?"

"लगभग आठ बजे," इस बार दारोगा एम्ज़ ने उत्तर दिया।

लेकिन मैंने तो सुना है कि पुल हमेशा सूर्यास्त के समय उठा दिया जाता था, और आजकल छः बजे ही सूरज डूब जाता है।"

"इसका कारण मैं निवेदन करता हूं," एम्ज़ ने कहना शुरू किया, "हुआ यह कि कल शाम को मालकिन ने कुछ लोगों को चाय पर बुलाया था, इसलिए जब तक वे चले न जाते, पुल उठाना अनुचित होता। अलबत्ता आठ बजे के लगभग जब वे विदा हो गए तो स्वयं मैंने चर्खी घुमाकर पुल उठाया था।"

"तो इसका मतलब यह हुआ कि यदि कोई व्यक्ति अपराध के इरादे से मकान में घुसा था तो वह पुल उठाए जाने से पहले अर्थात् आठ बजे से पहले-पहले भीतर आ चुका था। इसके बाद वह इस कमरे में छुप गया, और जब रात को ग्यारह बजे के बाद मिस्टर डगलस इस जगह आए तो उसने उनकी हत्या कर दी।"

"जी हां, यही अनुमान उचित मालूम होता है। मिस्टर डगलस की आदत थी कि रात को सोने से पहले वे सब कमरों की देखभाल किया करते थे। इसी सिलसिले में वे यहां भी आए होंगे, और अपराधी चूंकि यहीं छुपा हुआ था इसलिए उसने गोली मारकर उनकी हत्या कर दी और फिर बंदूक को यहीं छोड़ खिड़की के रास्ते फरार हो गया..."

एकाएक सार्जेंट ने झुककर एक छोटा-सा कार्ड, जो लाश के निकट ही फर्श पर पड़ा था, उठा लिया। देखा तो उस पर दो अक्षर 'वी. वी.' तथा 341 का अंक दर्ज था।

"यह क्या चीज़ है?" उसने आश्चर्यजनक नज़रों से कार्ड को देखते हुए कहा।

बार्कर ने भी आश्चर्य से उस कार्ड की ओर देखा। फिर और

भी आश्चर्य से बोला, "अब तक मेरी नज़र इस पर नहीं पड़ी थी। मालूम होता है, हत्यारा ही इसे यहां छोड़ गया होगा।"

"तो भी इस लिखावट का मतलब क्या हो सकता है–वी. वी.–341?" फिर एकाएक डॉक्टर की ओर देखकर बोला, "और डॉक्टर वुड! यह आपके हाथ में क्या है?"

डॉक्टर के हाथ में एक काफी मज़बूत हथौड़ा था जिसे उसने आतिशदान के पास बिछे हुए कालीन पर से उठाया था। इस पर सेसिल बार्कर ने आतिशदान पर रखे हुए कीलों के एक डिब्बे की ओर संकेत करते हुए कहा, "इसके बारे में मैं आपको बताता हूं। मिस्टर डगलस कल दीवार में कुछ नई तस्वीरें लगा रहे थे। मैंने स्वयं उन्हें देखा था कि कुर्सी पर खड़े होकर वे इस हथौड़े से दीवार में कील ठोंकते थे और फिर उस पर तस्वीर लटकाते थे..."

"कुछ भी हो, इस हथौड़े को उसी स्थान पर रख देना चाहिए, जहां यह पहले पड़ा था।" सार्जेंट ने परेशानी से सिर खुजाते हुए कहां, "मामला हर कदम पर और भी रहस्यपूर्ण बनता जा रहा है और कोई असाधारण बुद्धि वाला व्यक्ति ही इसे हल कर सकेगा। मेरे ख़याल में तो लंदन से किसी योग्य जासूस को बुलवाना चाहिए।"

"बिलकुल ठीक..." बार्कर ने समर्थन करते हुए कहा, "लेकिन जब तक वह सब नहीं होता, क्यों न हम बाहर चलकर कोई ऐसा प्रबंध करें जिससे हत्यारे को इस कस्बे से फरार होने का मौका न मिले?"

सार्जेंट बार्कर की इस तजवीज़ पर थोड़ी देर तक चुपचाप गौर करता रहा, फिर बोला, "देखिए, सुबह छः बजे से पहले यहां से

कोई भी गाड़ी किसी भी दिशा में नहीं जाती, इसलिए उस व्यक्ति के रेल द्वारा निकल भागने की कोई सम्भावना नहीं। रहा सड़क का मार्ग, तो जिस हालत में वह खंदक के पानी में से होकर गुज़रा है, उसके भीगे हुए वस्त्र लोगों की नज़रों में आए बिना नहीं रह सकते–और सबसे महत्त्वपूर्ण बात तो यह है कि जब तक कोई उच्चाधिकारी नहीं आ जाता, मैं यहां से कहीं भी जाना पसंद नहीं करूंगा।"

इसके बाद कमरे में चुप्पी छा गई। लेकिन इसी बीच डॉक्टर ने मेज़ पर से लैम्प उठा लिया था और उसके प्रकाश में एक बार फिर लाश का मुआयना करने लगा था। एकाएक वह बोल उठा, "ज़रा देखना, यह निशान कैसा है...! क्या इससे भी हत्या का कुछ सम्बंध हो सकता है?"

जैसा कि पहले कहा जा चुका है, मृत के बाजू सिर से ऊपर की ओर उठे हुए और कुहनी के जोड़ तक नंगे थे। डॉक्टर ने जिस निशान की ओर संकेत किया था, वह दाहिनी बाज़ू की कलाई पर बना था–एक दायरे के भीतर त्रिभुज- Δ।

बड़े गौर से उस निशान को देखने के बाद डॉक्टर ने पुनः कहा, "यह कोई गुदा हुआ निशान भी नहीं। ऐसा मालूम होता है, किसी ज़माने में इस आदमी के बाज़ू को इस प्रकार दाग दिया गया था जिस तरह पशुओं को दागा जाता है...।"

"यह सब तो मैं नहीं जानता," सेसिल बार्कर ने कुछ रुखाई दर्शाते हुए कहा, "लेकिन मैं पिछले दस साल से यह निशान अपने मित्र की बाज़ू पर देखता आ रहा हूं।"

"और मैं भी," दारोगा एम्ज़ ने आगे बढ़कर कहा, "जब भी मालिक अपनी आस्तीन उलटते थे, यह निशान साफ दिखाई देने

लगता था।"

"फिर तो इस निशान का हत्या से कोई सम्बंध नहीं जोड़ा जा सकता।" सार्जेंट ने निर्णयात्मक स्वर में कहा। लेकिन अभी उसने अपना वाक्य पूरा ही किया था कि दारोगा एम्ज़ आश्चर्य से मानो चीख उठा, "अंगूठी– वह अंगूठी कहां गई?"

"अंगूठी–कैसी अंगूठी?" सार्जेंट ने आगे बढ़ते हुए पूछा।

दारोगा ने लाश के हाथ की एक उंगली की ओर संकेत करते हुए उसी आश्चर्य से कहा, "मालूम होता है, जो कोई भी था, मालिक के हाथ से शादी की अंगूठी भी निकाल ले गया।" और फिर सार्जेंट के प्रश्नों के उत्तर में उसने बताया कि मिस्टर डगलस अपनी शादी की सादा-सी अंगूठी हमेशा छुंगली में पहनते थे। उसी पर एक नगीनेदार अंगूठी भी रहती थी। एक और सांप की शक्ल की अंगूठी भी होती थी लेकिन तीसरी उंगली में। "वे दोनों तो ज्यों की त्यों मौजूद हैं, लेकिन शादी की अंगूठी..."

"एम्ज़ ठीक कहता है," बार्कर ने भी समर्थन किया, "मिस्टर डगलस हमेशा तीन अंगूठियां पहनते थे।"

"तो इसका क्या मतलब हुआ?" सार्जेंट ने लगभग बौखलाकर कहा, "क्या यह मतलब लिया जाए कि तीन अंगूठियों में से एक, जो शादी की अंगूठी थी और एक नगीनेदार अंगूठी के नीचे पहनी जाती थी, गायब है?"

"जी हां, यही वास्तविकता है।"

"फिर तो इसका मतलब यह भी हुआ कि हत्यारे ने पहले ऊपर वाली अंगूठी उतारी, फिर शादी की अंगूठी निकाली और फिर वही

नगीनेदार अंगूठी, जो उसके ऊपर थी, पुनः उंगली में डाल दी।"

"जी हां, ठीक इसी प्रकार हुआ होगा।"

ग्रामीण सार्जेंट ने बड़ी निराशा से सिर हिलाया और एक लम्बी आह भरकर बोला, "मामला इतना पेचीदा और रहस्यपूर्ण है कि बिना लंदन वालों की सहायता के किसी प्रकार सुलझता नज़र नहीं आता।"

4

इतने हालात बयान करने के बाद, जिन्हें मैंने केवल सुना ही सुना था, मैं, डॉक्टर वाटसन, एक बार फिर कलम हाथ में लेता हूं ताकि घटनाओं को उसी क्रम से प्रस्तुत करूं जिस क्रम से कि वे घटित हुईं।

इस सम्बंध में पहली उल्लेखनीय बात यह है कि इलाका सेक्सेस का जासूस व्हाइट मेसन बर्लस्टोन के सार्जेंट विलसन का तार पाते ही तुरंत घोड़ागाड़ी द्वारा घटनास्थल पर पहुंचा। फिर उसने सुबह की पांच-चालीस वाली ट्रेन पर स्कॉटलैंड यार्ड के नाम एक अत्यंत आवश्यक संदेश भेजा और जब मैं, मेरा मित्र शरलक होम्ज़ और

इंस्पेक्टर मेकडॉनल्ड दिन के बारह बजे बर्लस्टोन के स्टेशन पर उतरे, तो वह पहले से हमारी अगवाई को उपस्थित था।

"बड़ा ही पुरपेच मामला है साहब," हमें देखते ही उसने मेकडॉनल्ड को सम्बोधित कर कहना शुरू कर दिया, "जहां तक मेरी स्मरणशक्ति काम करती है, इस तरह की वारदात कभी मेरे देखने-सुनने में नहीं आई। और इसीलिए मैं आशा करता हूं कि इस अवसर पर मिस्टर होम्ज़ की उपस्थिति बड़ी लाभदायक सिद्ध होगी–और अब सबसे पहले मैं यह निवेदन करना चाहता हूं कि आप लोगों के ठहरने का प्रबंध यहां की सबसे अच्छी सराय में कर दिया गया है।"

लगभग दस मिनट के अंदर हम उस सराय में जा पहुंचे, जहां वे सारे हालात, जो पहले बयान किए जा चुके हैं, हमें सिलसिलेवार सुना दिए गए। इंस्पेक्टर मेकडॉनल्ड बीच-बीच में कोई याददाश्त लिख लेता था। लेकिन होम्ज़ की हालत अजीब हो रही थी। जिस प्रकार कोई वनस्पति-विशेषज्ञ किसी अप्राप्य जड़ी-बूटी को देखकर मंत्र-मुग्ध रह जाता है और बड़ी प्रशंसनीय नज़रों से उसकी ओर एकटक देखे जाता है, ठीक वही हालत उस समय होम्ज़ की हो रही थी। दास्तान सुनते-सुनते उसने केवल एक बार इतना कहा, "आह, कितनी विचित्र घटनाएं हैं!"

इस पर व्हाइट मेसन प्रसन्न हो उठा, "ओह मिस्टर होम्ज़, मैं पहलें ही जानता था कि आपको इस अद्भुत वारदात का कायल होना पड़ेगा। अब तक मैंने आपसे वही हालात बयान किए हैं जो मुझे सार्जेंट विलसन की ज़बानी मालूम हुए थे। इनके अलावा कुछ बातें ऐसी भी हैं जो मैंने स्वयं यहां आकर नोट कीं..."

"वह क्या?" होम्ज़ ने उत्सुकता से पूछा।

"सबसे पहले मैंने उस हथौड़े का बड़े गौर से निरीक्षण किया। मेरा ख़याल था कि मिस्टर डगलस ने अवश्य ही उस हथौड़े से हत्यारे का मुकाबला किया होगा, लेकिन खूब अच्छी तरह देखने पर भी मुझे उस पर कोई ऐसा चिह्न नहीं मिला जिससे..."

"इसके अलावा आपने क्या नोट किया?" यह प्रश्न भी होम्ज़ ही ने किया। मालूम होता था, उसकी सारी शक्तियां उसके कानों में सिमट आई थीं।

"इसके अलावा मैंने बंदूक का निरीक्षण किया। उसमें, जैसा कि सार्जेंट विलसन ने मुझे बताया था, दोनों घोड़े तार की सहायता से एक-दूसरे के साथ बंधे हुए थे ताकि केवल एक को दबाने से दोनों नालियां एक ही समय में काम दे सकें। इसका अर्थ यह लगाया जा सकता है कि हत्यारा इस बात का दृढ़ निश्चय कर चुका था कि जिसे वह कत्ल करना चाहता है, किसी प्रकार जीवित न बचे। इसके अलावा नालियां इस प्रकार काटी गई हैं कि बंदूक की पूरी लम्बाई दो फुट से अधिक न रहे, और उसे बड़ी आसानी से ओवरकोट की जेब में छुपाया जा सके। नालियां कट जाने से बंदूक पर बनानेवाली कम्पनी का पूरा नाम भी बाकी न रहा था। केवल एक जगह पी. एस. ए.–ये तीन अक्षर पढ़े जा सके..."

"जिनमें पी. बड़ा और एस. ए. छोटे हैं?" होम्ज़ ने पूछा।

"जी हां, ठीक ऐसे ही..."

"बस, मैं समझ गया–'पेनसोलिया समाल आर्म्ज़ कम्पनी'," होम्ज़ ने व्याख्या करते हुए कहा, "यह अमेरिका की एक प्रसिद्ध कम्पनी का नाम है।"

"ओह मिस्टर होम्ज़," व्हाइट मेसन ने होम्ज़ का हाथ दबाते हुए प्रसन्नतापूर्वक कहा, "आप तो कमाल के आदमी हैं। मालूम होता है, आपको संसार-भर की बंदूकसाज़ कम्पनियों के नाम ज़बानी याद हैं। जो हो, अब इसमें कोई संदेह नहीं रहा कि वह बंदूक अमेरिका में बनी है और अब मैं आपको बताता हूं कि कई अन्य बातों से भी इस बात की पुष्टि होती है कि जो व्यक्ति उस मकान में दाखिल हुआ और जिसने मिस्टर डगलस की निर्मम हत्या की, वह कोई अमेरिकन ही था।"

इस पर इंस्पेक्टर मेकडॉनल्ड ने इनकार में सिर हिलाते हुए कहा, "इतनी जल्दबाज़ी से काम न लीजिए मिस्टर मेसन। कम-से-कम मुझे ऐसी कोई शहादत अभी तक नहीं मिली जिससे यह सिद्ध होता हो कि कोई अजनबी कहीं बाहर से हत्या करने आया था।"

"तो आपके ख़याल में ये शहादतें काफी नहीं–खिड़की का खुला होना, उसके छज्जे पर खून के दाग, वह विचित्र कार्ड जो लाश के पास पड़ा हुआ मिला, कमरे के एक कोने में बूटों के निशान और सबसे बढ़कर वह कटी हुई बंदूक?"

"मेरी राय में इनमें से किसी एक को भी निर्णयात्मक नहीं कहा जा सकता," इंस्पेक्टर मेकडॉनल्ड ने उत्तर दिया, "ये सभी चीज़ें ऐसी हैं कि यदि कोई चाहे तों पुलिस को गलत राह पर डालने के लिए पहले से इनका प्रबंध कर सकता है। इसके अलावा यह बात भी विचारणीय है कि मिस्टर डगलस यदि अमेरिकन नहीं थे तो भी काफी समय तक वे उस देश में रहे। यही स्थिति मिस्टर बार्कर की भी समझी जा सकती है। इन परिस्थितियों में यदि अमेरिकी बनी हुई कोई चीज़ वहां मौजूद है, तो यह कैसे फर्ज़ किया जा सकता है कि अवश्य ही कोई अमेरिकन उसे बाहर से मकान में लाया होगा?"

"लेकिन सुनिए तो, उस घर का दारोगा एम्ज़..."

"क्या कहता है वह? और क्या उस पर विश्वास किया जा सकता है?"

"साहब, वह बड़ा वफादार नौकर है। पिछले पांच साल से, यानी जब से मिस्टर डगलस उस मकान में आए, वह बराबर उन्हीं के साथ रहता चला आया है और यह उसी का बयान है कि उस प्रकार की बंदूक इससे पहले कभी घर में नहीं देखी गई..."

"इसका कारण मैं बताता हूं," इंस्पेक्टर मेकडॉनल्ड ने बात काटते हुए कहा, "बंदूक की नालियां केवल इसलिए काटी गई होंगी कि उसे आसानी से किसी बक्स में छुपाया जा सके," और फिर उसने होम्ज़ की ओर मुड़कर कहा, "क्यों मिस्टर होम्ज़, इस बारे में आपकी क्या राय है?"

"मिस्टर मेकडॉनल्ड, मैं चाहता हूं कि पहले आप ही ज़रा विस्तार से इस बारे में अपनी राय प्रकट करें," होम्ज़ ने गम्भीरतापूर्वक उत्तर दिया।

"अगर आप मेरी राय पूछते हैं तो मैं यह स्वीकार करने के लिए तैयार नहीं हूं कि यह हत्या किसी अजनबी ने बाहर से आकर की है। यदि क्षण-भर के लिए ऐसा मान भी लिया जाए तो प्रत्यक्ष है कि अपराधी चोरी की नीयत से वहां नहीं आया था। लाश की उंगली से शादी की अंगूठी का गायब होना और उस कार्ड की मौजूदगी–इन दोनों बातों से साफ ज़ाहिर होता है कि हत्या बाकायदा सोच-समझकर की गई है और इसकी तह में अवश्य ही कुछ निजी कारण हैं। इसके आगे गौर करके देखिए। कोई व्यक्ति यदि हत्या के इरादे से मकान में घुसता तो सबसे पहले उसे यह मुश्किल नज़र

आती कि वापसी में वह खंदक को कैसे पार करेगा। और इसके साथ ही इस बात पर भी ध्यान दीजिए कि ऐसे अवसर पर वह किस किस्म के हथियार से काम लेना चाहेगा। प्रत्यक्ष है कि किसी भी ऐसे हथियार से नहीं जिससे किसी प्रकार की आवाज़ पैदा हो और इससे पहले कि किसी को हत्या की खबर हो वह खिड़की की राह से खंदक में उतरकर पार जा निकले–आप ही कहिए मिस्टर होम्ज़, ये परिणाम जो मैंने निकाले हैं, वे कहां तक गलत या सही हैं?"

"बेशक जो दलीलें आपने दी हैं बड़ी वजनदार हैं," होम्ज़ ने स्वीकार किया, "लेकिन मिस्टर व्हाइट मेसन, आप यह बताइए कि आपने खंदक के उस पार किसी स्थान पर ऐसे निशान देखे हैं जिनसे मालूम हो कि कोई वहां से गुज़रा है?"

"अब मैं आपको क्या बताऊं मिस्टर होम्ज़, कि खंदक के दूसरे किनारे पर चिकने पत्थर लगे हैं। वहां किसी प्रकार का कोई भी निशान कैसे रह सकता है!"

"मतलब यह कि उस स्थान पर कोई दाग-धब्बा नहीं देखा गया?"

"जी नहीं।"

"ठीक है," कहते हुए होम्ज़ उठ खड़ा हुआ, "अब हमें घटनास्थल पर चलना चाहिए।" और फिर हम तीनों की ओर बारी-बारी देखकर उसने कहा, "सम्भव है, वहां कोई छोटी-मोटी चीज़ ऐसी नज़र आ जाए जो हमारे अंदाज़ों को सही दिशा पर डाल सके।"

इसके बाद हम चारों कस्बे के छोटे-से बाज़ार में से होते हुए और फिर शाहबलूत के ऊंचे-ऊंचे पेड़ों से घिरे हुए एक विशाल बाग को पार कर उस स्थान पर जा पहुंचे जहां वह किलानुमा जर्जर इमारत खड़ी थी। लकड़ी का वह पुराना पुल अतीत की सारी स्मृतियों के साथ खंदक के ठंडे पानी पर लेटा हुआ था। इस इमारत को बने पूरी तीन सदियां हो चुकी थीं। मैंने सोचा, इस अर्से में इसने क्या-क्या दृश्य न देखे होंगे–नए उत्तराधिकारियों के जन्म की खुशियां! शिकारियों के झुंड! किसी मुहिम से लौटने पर शानदार दावतें और जलसे! लेकिन इसके साथ ही मैंने यह भी सोचा कि अब यह भयावह इमारत, जिसकी निचली खिड़कियों तक खंदक का पानी लपलपाता था, किसी ऐसी वारदात के लिए कितनी उपयुक्त हो सकती थी– जैसीकि एक दिन पहले वहां हो चुकी थी!

"देखिए, यह है वह खिड़की," व्हाइट मेसन ने इशारे से खिड़की दिखाते हुए कहा, "वह जो पुल की दाईं ओर बनी है। कल रात मैंने जिस तरह इसे खुला देखा था, ठीक उसी हालत में अब भी खुली है।"

"लेकिन यह तो बहुत ही छोटी और तंग खिड़की है। क्या कोई आदमी सचमुच इसमें से गुजर सकता है?"

"आदमी पले हुए बदन का हो तो निःसंदेह इसमें से गुज़रना कठिन है, लेकिन मेरा या आप जैसा कोई भी इकहरे बदन का आदमी इसमें से बासानी गुज़र सकता है।"

तभी होम्ज़ तेज़-तेज़ कदम उठाता खिड़की की सीध में खंदक के किनारे पर जा पहुंचा और बड़े ध्यान से उन पत्थरों को देखने लगा जिनके बारे में व्हाइट मेसन बता चुका था कि बहुत ही चिकने हैं।

"अब आप ही बताइए," व्हाइट मेसन ने कहा, "ऐसे पत्थरों पर कैसे कोई निशान बाकी रह सकता है? फिर यह भी तो सम्भव नहीं कि कोई चालाक अपराधी अपने पीछे अपना कोई निशान छोड़ने की हिमाकत करे।"

"आप ठीक कहते हैं," होम्ज़ ने कहा, "फिर भी मैं जानना चाहूंगा कि खंदक के पानी की रंगत क्या हमेशा ऐसी ही गंदली रहती है?"

"जी हां, इसकी रंगत यही है।"

"और गहराई?"

"किसी ज़माने में रही होगी, लेकिन अब तो किनारों के पास दो फुट और बीच में ज़्यादा-से-ज़्यादा तीन फुट।"

"बस! फिर तो यह बात पूरे विश्वास से कही जा सकती है कि वारदात के बाद यदि हत्यारा इसमें से गुज़रा होगा तो उसके डूबने की कोई सम्भावना नहीं।"

"यह भी खूब कही! अजी साहब, इसमें तो कोई बच्चा भी नहीं डूब सकता।"

इस निरीक्षण के बाद जब हम पुल पर से गुज़रकर ड्योढ़ी में पहुंचे, तो वहां एक विचित्र-सी शक्ल-सूरत के झाड़-झंखाड़ व्यक्ति ने हमारा स्वागत किया। यही इस घर का दारोगा एम्ज़ था। मालूम होता था, बेचारे के दिल को बड़ा भारी सदमा पहुंचा था, क्योंकि उसका दुबला-पतला शरीर अब भी थर-थर कांप रहा था। घटनास्थल पर अर्थात् उस कमरे में जिसमें मिस्टर डगलस की लाश ज्यों की त्यों पड़ी थी, कस्बे की कोतवाली का सार्जेंट विलसन अब भी तैनात था।

"कहो सार्जेंट," व्हाइट मेसन ने कमरे में प्रवेश करते हुए उससे पूछा, "कोई नई बात?"

"जी नहीं," सार्जेंट ने संक्षिप्त उत्तर दिया।

"अच्छा तो अब तुम जाकर आराम करो। अगर ज़रूरत पड़ी तो तुम्हें बुलवा भेजूंगा–और अब श्रीमन्," उसने हमारी ओर मुड़कर कहा, "अगर आप आज्ञा दें तो इस वारदात के बारे में एक बार फिर मैं अपने विचार प्रकट करूं– उन्हें मानना-न-मानना बहरहाल आपके हाथ में होगा।"

यहां पर मैं एक न्यायसंगत बात यह कहना चाहता हूं कि एक देहाती जासूस की हैसियत से व्हाइट मेसन की दृष्टि बड़ी पैनी और विश्लेषण हर लिहाज़ से बड़ा वज़नदार था। इंस्पेक्टर मेकडॉनल्ड को भले ही उससे मतभेद हो, लेकिन होम्ज़ उसका एक-एक शब्द बड़े ध्यान से सुनता था।

"देखिए, सबसे पहले तो यह तय करना होगा," व्हाइट मेसन ने कहना शुरू किया, "कि यह वारदात हत्या की है या आत्महत्या की? आत्महत्या को लेकर चलें तो हमें यों सोचना होगा कि मृत प्राणी ने पहले अपनी शादी की अंगूठी उतारकर कहीं छुपा दी। फिर ड्रेसिंग गाउन पहनकर यहां आया। पर्दे के पीछे एक कोने में धूल-भरे जूतों के निशान इसलिए बना दिए कि देखनेवाले को मालूम हो, कोई उस स्थान पर छुपा हुआ था। उसके बाद उसने खिड़की खोली और उसके छज्जे पर खून के निशान लगाए..."

"भगवान के लिए कपोल-कल्पनाओं को छोड़िए," मेकडॉनल्ड

ने उपेक्षित स्वर में कहा, "इनमें से कोई बात भी जी नहीं लगती।"

"आप ठीक कहते हैं," व्हाइट मेसन ने किंचित् गौरव का अनुभव करते हुए कहा, "आत्महत्या का सवाल ही पैदा नहीं होता और इसीलिए यह बात सिद्ध हो जाती है कि मामला हत्या का है और इसीलिए अब हमें इस बात का निर्णय करना है कि अपराधी कहीं बाहर से आया था या पहले से इस घर में मौजूद था?"

"ठीक है, आप इसी बारे में अपने विचार प्रकट करें।"

"प्रत्यक्ष है कि इन दो में से एक बात अवश्य होगी, लेकिन सबसे पहले हम यह फर्ज़ किए लेते हैं कि अपराधी चाहे एक व्यक्ति था चाहे अधिक, पहले से घर में मौजूद था और अवसर पाते ही वह इस कमरे में आकर छुप गया। इस बात का उसे पूरा-पूरा ज्ञान था कि घर के लोग अभी जाग रहे हैं, फिर भी उसने या उन्होंने एक ऐसे विचित्र हथियार से, जिसके चलनें पर बड़ी ज़ोरदार आवाज़ होती थी और जिसे उससे पहले किसी ने भी घर में नहीं देखा था, मिस्टर डगलस की हत्या कर दी। फरमाइए, इस सम्भावना के बारे में आपकी क्या राय है?"

"अफसोस, मिस्टर व्हाइट मेसन," मेकडॉनल्ड ने उदासीनता प्रकट करते हुए कहा, "ये सम्भावनाएं भी विचारणीय नहीं।"

"तो फिर क्या आपका ख़याल यह है कि वारदात के तुरंत बाद–अधिक-से-अधिक एक मिनंट के अंदर–न केवल मिस्टर सेसिल बार्कर बल्कि दारोगा एम्ज़ और कई अन्य व्यक्ति घटनास्थल पर आ पहुंचे थे? यदि हां, तो इस सूरत में सवाल पैदा होता है कि उस एक मिनट की अवधि में अपराधी ने कमरे के एक कोने में पैरों के निशान बनाए, खिड़की खोली, छज्जे पर खून के निशान बनाए,

मृत के हाथ से अंगूठी उतारी और यह सब कुछ उसने एक मिनट से भी कम समय में कर डाले–दिल लगती कहिए, क्या ये सब कुछ आपको सम्भव नज़र आता है?"

"बिलकुल नहीं," इस बार होम्ज़ ने उत्तर दिया, "मैं आपसे सहमत हूं कि इतने कम समय में यह सब न हुआ होगा।"

"तब अंतिम सम्भावना यही रह जाती है कि हत्यारा कहीं बाहर से आया था। संदेह इस सम्भावना में भी कम नहीं, लेकिन इस तरह असम्भावनाओं से हमारा पिंड ज़रूर छूट जाता है। अब यह निश्चित कर लेने के बाद कि हत्यारा बाहर से आया था और उस समय आया था जब चाय पर आए अतिथियों के कारण पुल नहीं उठाया गया था–अब एक ही समस्या शेष रह जाती है कि आखिर वह था कौन? कोई मामूली चोर-डाकू या कोई ऐसा व्यक्ति जिससे मिस्टर डगलस की पुरानी शत्रुता थी? चूंकि मिस्टर डगलस के जीवन का अधिकांश भाग अमेरिका में गुज़रा था और यह बंदूक भी अमेरिकन साख्त की नज़र आती है, इसलिए इसी बात की सम्भावना अधिक है कि हत्यारा मिस्टर डगलस का कोई पुराना शत्रु होगा। मकान में प्रवेश करने के बाद चूंकि यही कमरा सबसे पहले पड़ता है इसलिए वह इसी में आ छुपा और रात के ग्यारह बजे तक मिस्टर डगलस की प्रतीक्षा करता रहा। यह तो पता नहीं चल सकता कि उन दोनों में कोई बातचीत भी हुई या नहीं, लेकिन अगर हुई होगी तो बहुत ही संक्षिप्त, क्योंकि मिसेज़ डगलस का कहना है कि उनके पति को उधर गए केवल कुछ ही मिनट हुए थे कि गोली चलने की आवाज सुनाई दी..."

"इस धारणा की पुष्टि तो मोमबत्ती भी करती है," होम्ज़ ने मेज़ पर पड़ी मोमबत्ती की ओर संकेत करते हुए राय दी।

"जी हां, मोमबत्ती जो बिलकुल नई थी, उसका केवल एक-तिहाई भाग जला है। प्रत्यक्ष है कि मिस्टर डगलस ने आक्रमण से पहले उसे मेज पर रख दिया होगा, क्योंकि यदि आक्रमण के समय यह उनके हाथ में होती तो अवश्य ही फर्श पर गिर पड़ती। इससे यह बात भी सिद्ध होती है कि कमरे में प्रविष्ट होते ही मिस्टर डगलस पर वार नहीं हुआ था–आखिर वारदात के बाद मिस्टर बार्कर ने कमरे में आकर मोमबत्ती बुझा दी और लैम्प जला दिया..."

"यह हम सबको मालूम है," इंस्पेक्टर मेकडॉनल्ड ने कहा।

"अच्छा, तो अब इन तथ्यों के प्रकाश में हम कोई राय कायम करने की कोशिश करते हैं। लक्षण बताते हैं कि मिस्टर डगलस ने कमरे में प्रवेश करने के बाद मोमबत्ती मेज़ पर रख दी। तब एक व्यक्ति पर्दे के पीछे से निकला। उसके हाथ में यह बंदूक थी। बंदूक तानकर उसने मिस्टर डगलस से शादी की अंगूठी का मुतालबा किया...इस बात को अभी भूल जाइए कि उसने ऐसा क्यों किया... बहरहाल उसने ऐसा किया। मिस्टर डगलस ने अंगूठी तो उतारकर दे दी, लेकिन उसके बाद या अंगूठी देने के साथ ही मुकाबले के लिए यह हथौड़ा भी उठा लिया जो यहां फर्श पर पड़ा है। यह देखते ही उस व्यक्ति ने मिस्टर डगलस पर गोली दाग दी। उसके बाद उसने अपनी बंदूक भी यहीं छोड़ी और यह विचित्र-सा कार्ड भी जिस पर वी. वी. 341 लिखा है। और इससे पहले कि मिस्टर सेसिल बार्कर यहां पहुंचें, बह खिड़की खोलकर खंदक में से होता हुआ फरार हो गया। कहिए मिस्टर होम्ज़, इस बारे में आपकी क्या राय है?"

"आपकी धारणा दिलचस्प ज़रूर है मिस्टर मेसन, लेकिन संतोषजनक नहीं।"

"तो फिर आप ही बताइए," इस बार व्हाइट मेसन के बजाय इंस्पेक्टर मेकडॉनल्ड बोला, "और क्या सम्भावना हो सकती है?"

"मैं कोई राय कायम करने से पहले कुछ और हालात जानना चाहता हूं मिस्टर मेक!" होम्ज़ ने कहा और फिर घुटनों के बल लाश के पास बैठ गया। "उफ, कितने भयानक ज़ख्म आए हैं!" लाश के चेहरे की ओर देखते हुए उसने कहा, "आप ज़रा उस दारोगा को बुलवा दीजिए।"

दारोगा के आने पर होम्ज़ ने लाश के बाज़ू पर बने निशान की ओर संकेत करते हुए उससे पूछा, "यह दाग क्या तुमने पहले भी कभी देखा था?"

"जी हां, कई बार।"

"इस बारे में कभी कोई ज़िक्र सुना?"

"जी नहीं।"

"खैर, इसमें संदेह नहीं कि यह दाग किसी गर्म चीज़ के लगाने से बना है; लेकिन एम्ज़, मिस्टर डगलस ने अपने जबड़े पर यह कपड़े का फाहा-सा क्यों लगा रखा है?"

"बात यह है सरकार कि कल सुबह जब मालिक शेव बना रहे थे, तो यहां उस्तरा लग गया था..."

"क्या पहले भी कभी ऐसा हुआ था?"

"जहां तक मुझे याद है कभी नहीं।"

"हूं," होम्ज़ ने कुछ सोचते हुए कहा, "सम्भव है, ऐसा केवल इत्तफाक से हुआ हो, लेकिन यह भी हो सकता है कि मिस्टर डगलस

उस समय अपनी सामान्य स्थिति में न हों? क्या तुम बता सकते हो एम्ज़ कि कल दिन-भर मिस्टर डगलस का व्यवहार सामान्य रहा था या उसमें तुमने कोई विशेष अंतर देखा?"

"साहब, मैं तो बस इतना ही जानता हूं कि कल वे कुछ घबराए-घबराए-से नज़र आते थे।"

"खूब! इसका मतलब यह हुआ कि मिस्टर डगलस के मन में पहले से किसी दुर्घटना का भय था–और यह कार्ड," होम्ज़ ने उस कार्ड को जिस पर वी. वी. 341 लिखा था, दारोगा को दिखाते हुए पूछा, "क्या ऐसा कोई कार्ड तुमने पहले कभी इस घर में देखा है?"

"जी, बिलकुल नहीं।"

इसके बाद होम्ज़ उठ खड़ा हुआ और उस मेज़ के पास पहुंचा जिस पर स्याही की दो दवातें पड़ी थीं। ब्लॉटिंग पेपर पर उसने दोनों दवातों में से एक-एक बूंद गिराई और उन फैलती बूंदों को गौर से देखते हुए बोला, "जो कुछ इस कार्ड पर लिखा है, वह इस कमरे में और इन स्याहियों से नहीं लिखा गया, क्योंकि इनमें से एक काली है और दूसरी लाल; और कार्ड की स्याही नीली है। इसके अलावा इस कलम की नोक असाधारण रूप से बारीक है और कार्ड की तहरीर किसी मोटी निब से लिखी गई है। अच्छा एम्ज़, क्या तुम कार्ड की इस विचित्र लिखावट का कुछ मतलब निकाल सकते हो?"

"नहीं सरकार, मेरी समझ में तो कुछ नहीं आता।"

"आप, मिस्टर मेकडॉनल्ड?"

“मुझे तो कुछ ऐसा मालूम होता है कि इस मामले की तह में किसी खुफिया सोसाइटी का हाथ है और यही बात उस निशान के बारे में भी कही जा सकती है जो मृत की बाज़ू पर बना है।”

“मेरा भी यही ख़याल है।” यह समर्थन व्हाइट मेसन की ओर से था।

“तो फिर ठीक है,” होम्ज़ ने कहना शुरू किया, “वक्ती तौर पर हम इसी को आधार मानकर आगे बढ़ते हैं कि किसी खुफिया सोसाइटी का कोई एजेंट गुप्त रूप से इस मकान में दाखिल होता है। फिर इस कमरे में छुपकर वह मिस्टर डगलस की प्रतीक्षा करता है। और अवसर आने पर इस बंदूक द्वारा उनकी हत्या कर डालता है। फिर इस खंदक में से गुज़कर वह किसी भी ओर फरार हो जाता है और अपने पीछे एक ऐसा कार्ड छोड़ जाता है कि जब इस हत्या की खबर समाचारपत्रों में छपे और इस कार्ड का हवाला दिया जाए तो सोसाइटी के अन्य सदस्यों को पता चल जाए कि जो काम उन्होंने उसे सौंपा था, वह उसने पूरा कर दिया। सभी बातें यद्यपि एक-दूसरी से पूर्णतया सम्बद्ध और तर्कसंगत हैं, लेकिन एक प्रश्न फिर भी शेष रह जाता है कि अपराधी को बंदूक से काम लेने की ज़रूरत क्यों पड़ी?”

“यही तो है।”

“और अंगूठी उतारने का क्या मतलब था?”

“यह जानना भी अत्यंत आवश्यक है।”

“इसके अतिरिक्त क्या कारण है कि अभी तक कोई आदमी संदिग्ध रूप में भी गिरफ्तार नहीं हुआ? हालांकि बताया यह गया था कि वारदात के तुरंत बाद से दर्जनों सिपाही किसी ऐसे आदमी की

तलाश में लगे हुए हैं जिसके कपड़े गीले हों...” फिर किसी उत्तर की प्रतीक्षा किए बिना, अपने ही किसी विचार के वशीभूत होम्ज़ उस खिड़की के पास जा खड़ा हुआ जिसके छज्जे पर खून के धब्बे लगे हुए थे। कुछ देर तक उन दाग-धब्बों को देखने के बाद मानो वह अपने-आपसे बोला, “इसमें संदेह नहीं कि ये किसी चौड़े पांव के जूतों के निशान हैं, लेकिन विचित्र बात तो यह है कि ये निशान कमरे के कोने में बने हुए बूटों के निशानों से अधिक समतल नज़र आते हैं। खैर, इस पर बाद में विचार किया जा सकता है...लेकिन आह! यह मेज़ के नीचे क्या चीज़ पड़ी है?”

“मालिक का व्यायाम करने का डम्बल है।” दारोगा ने उत्तर दिया।

“लेकिन डम्बल तो हमेशा दो हुआ करते हैं एम्ज़, और यह केवल एक है। दूसरा कहां गया?”

“यह तो मुझे मालूम नहीं साहब। सम्भव है, घर में एक डम्बल हो। मैंने कभी इस ओर ध्यान नहीं दिया।”

“ज़रा सोचकर जवाब दो भाई,” होम्ज़ ने उसकी आंखों में झांकते हुए कहा, “एक डम्बल तो...” लेकिन शब्द अभी उसके मुंह में ही थे कि दरवाज़े पर दस्तक हुई।

मुड़कर देखा तो ऊंचे कद और कसरती बदन का एक आदमी दरवाज़े में खड़ा था। मैंने देखते ही अनुमान लगा लिया कि वही सेसिल बार्कर है जिसके बारे में हम काफी कुछ सुन चुके थे। कमरे में प्रवेश करने के साथ-साथ हम सब पर उचटती-सी नज़र डाली, फिर आप ही आप बोल उठा, “क्षमा कीजिए, मुझे आप लोगों के काम में बाधा डालनी पड़ी, लेकिन क्या वह नई खबर आप लोगों को

मालूम हो चुकी है?"

"कैसी खबर?" इंस्पेक्टर मेकडॉनल्ड ने अधीरतापूर्वक पूछा, "क्या कोई आदमी पकड़ा गया है?"

"जी नहीं, आदमी तो नहीं, लेकिन उसका साइकल ज़रूर मिल गया है। चलिए, आप भी चलकर देख लीजिए। यहां से लगभग एक सौ गज़ के अंतर पर झाड़ियों में पड़ा है।"

जब हम उस स्थान पर पहुंचे तो गांव के कुछ निठल्ले और बेफिक्रे लोग पहले से वहां खड़े उस साइकल को देख रहे थे जिसे उन्होंने झाड़ियों से निकालकर बाहर खुली ज़मीन पर रख दिया था। साइकल रिजवर्थ किस्म का था और उस पर धूल की तह चढ़ी हुई थी। बैग में एक रिंच और तेल देने की कुप्पी थी, लेकिन ऐसी कोई भी चीज़ उसमें नहीं थी जिससे यह पता चल सकता कि उसका मालिक कौन है?

इंस्पेक्ट मेकडॉनल्ड ने एक लम्बी आह खींचकर कहा, "अगर कारों की तरह साइकलों पर भी नम्बर लगा दिए जाएं और उनकी बाकायदा रजिस्ट्री होने लगे, तो पुलिस को अपने काम में कितनी सुविधा हो सकती थी! फिर भी गनीमत है, हमें अपराधी की छोड़ी हुई एक चीज़ तो मिली। इसकी सहायता से यदि हम यह मालूम न कर सकें कि वह कहां गया, तो कम-से-कम इतना पता ज़रूर चल जाएगा कि वह आया कहां से था–लेकिन अजीब बात तो यह है कि भागते समय बह इसे छोड़ क्यों गया? उसे तो उल्टा इसकी और भी आवश्यकता होनी चाहिए थी। क्यों मिस्टर होम्ज़?"

"आप ठीक कहते हैं," होम्ज़ ने उत्तर दिया, "लेकिन छोड़ गया, अभी तो यही वास्तविकता हमारे सामने हैं।"

इसके थोड़ी देर बाद जब हम वापस इमारत में पहुंचे तो व्हाइट मेसन ने शरलक होम्ज़ से पूछा, "कहिए, यहां के जो हालात देखने योग्य थे, आपने देख लिए?"

"सरे-दस्त तो सब कुछ देख लिया है।" उत्तर इंस्पेक्टर मेकडॉनल्ड ने दिया। होम्ज़ ने केवल सिर हिलाकर हामी भरी।

"तो अब, मेरे ख़याल में इस घर में रहनेवालों में से कुछ एक के बयान भी ले लेने चाहिए। इसके लिए मैं समझता हूं, खाने का कमरा ठीक रहेगा–एम्ज़, सबसे पहले तुम आकर, जो हालात तुम्हें मालूम हैं, बयान करो।"

एम्ज़ का बयान संक्षिप्त लेकिन काफी स्पष्ट था। मालूम हुआ कि पांच वर्ष पूर्व जब मिस्टर डगलस यहां रहने को आए थे तभी से वह उनका मुलाज़िम था। उसका कहना था कि मिस्टर डगलस काफी मालदार व्यक्ति थे और वह धन उन्होंने अमेरिका में कमाया था। सिलसिला-बयान जारी रखते हुए दारोगा एम्ज़ ने कहा, "मालिक का नियम था कि संध्या होते ही खंदक का पुल उठवा देते थे। इसलिए नहीं कि उनके मन में किसी प्रकार का भय था, बल्कि वे यहां के पुराने नियम की अवहेलना नहीं करना चाहते थे। लंदन वे बहुत कम जाते थे, बल्कि यों कहना चाहिए कि गांव से बाहर कहीं भी नहीं जाते थे। अलबत्ता वारदात से एक दिन पहले वे पास के कस्बे ब्रिज वेल्ज़ में कुछ सामान खरीदने गए थे और वापसी पर मैंने यह भी महसूस किया था कि वे कुछ बेचैन-से थे। यह बात उनके स्वभाव के प्रतिकूल थी।

"कल रात अभी मैं सोया नहीं था, बल्कि मकान के पिछवाड़े के भंडार में चांदी के बरतनों को उनके स्थान पर रख रहा था कि

एकाएक ज़ोर से घंटी बजने की आवाज़ सुनाई दी। गोली चलने की आवाज़ मेरे कानों में बिल्कुल नहीं आई। लेकिन इस बात पर आश्चर्य इसलिए नहीं हो सकता क्योंकि भंडार मकान के पिछवाड़े में है और बीच में कई बंद दरवाज़े पड़ते हैं। घंटी की आवाज़ सुनकर घर की बड़ी नौकरानी मिसेज़ एलन भी अपने कमरे से निकल आई थी। फिर हम एक साथ मकान के अगले भाग की ओर लपके ताकि देखें कि मामला क्या है। जब हम उस स्थान पर पहुंचे जहां दूसरी मंज़िल पर जाने की सीढ़ियां बनी हैं, तो हमने मालकिन को ऊपर से उतरते देखा। जब वे लगभग सारी सीढ़ियां उतर चुकीं तो मिस्टर बार्कर वारदात के कमरे से निकलकर भागे-भागे वहां आए। उन्होंने मालकिन को वहीं रोक दिया और यह कहकर उन्हें वापस भेजने की कोशिश की कि भगवान के लिए उस कमरे में न जाइए। मेरे अभागे मित्र की मृत्यु हो गई है। अब आप उसकी कोई सहायता नहीं कर सकतीं, वगैरह...

"इस प्रकार मालकिन वारदात के कमरे में गए बिना ही वापस भेज दी गईं। न उनके मुंह से कोई चीख निकली, न उन्होंने किसी प्रकार का बावेला किया। मिसेज़ एलन उन्हें अपने साथ उनके शयनकक्ष में ले गई और फिर वहीं उनके पास ठहरी रही।

"यह सब हो चुका तो मैं मिस्टर बार्कर के साथ वारदात के कमरे में पहुंचा। वहां की हर चीज़ उसी हालत में पड़ी थी जिस हालत में कि पुलिस ने आकर देखा। मोमबत्ती बुझी हुई थी, लेकिन लैम्प जल रहा था। हमने खिड़की से झांककर बाहर ज़रूर देखा था, लेकिन घुप अंधेरा होने के कारण हमें कुछ दिखाई नहीं दिया। न ही कोई आवाज़ सुनाई दी। उसके बाद हम ड्योढ़ी में गए। चर्खी घुमाकर मैंने उठा हुआ पुल खंदक पर डाल दिया, क्योंकि मिस्टर बार्कर तुरंत थाने

जाकर पुलिस को सूचना देना चाहते थे।"

दारोगा एम्ज़ के इस बयान के बाद बड़ी नौकरानी मिसेज़ एलन की बारी आई। उसने भी लगभग ऐसा बयान दिया जिससे एम्ज़ के बयान की पुष्टि होती थी। इस नौकरानी का कमरा मकान के अगले भाग से उतना दूर नहीं था जितना कि एम्ज़ का। लेकिन उसे कुछ ऊंचा सुनाई देता था। इस पर भी उसने बताया कि जब वह सोने की तैयारी करने लगी तो घंटी इस ज़ोर से बजी थी कि वास्तविकता जाने बिना वह सो न सकी।

मिसेज़ एलन ने यह भी बताया कि यद्यपि उसे कुछ ऊंचा सुनाई देता है और उसने गोली चलने की आवाज़ बिलकुल नहीं सुनी, फिर भी घंटी की आवाज से लगभग आधा घंटा पूर्व उसने कुछ इस प्रकार की आवाज़ अवश्य सुनी थी जैसे कोई दरवाज़ा बड़े जोर से बंद किया गया हो। एम्ज़ की तरह उसने यह भी कहा कि जब दारोगा ने मिस्टर बार्कर को बड़ी घबराहट में वारदात के कमरे से निकलते देखा, ठीक उसी समय मिसेज़ डगलस भी सीढ़ियां उतरती दिखाई दीं। मिस्टर बार्कर ने आगे बढ़कर, उन्हें रोका और प्रार्थना की कि वे वापस चली जाएं। "जहां तक मुझे याद है, मिसेज़ डगलस ने मिस्टर बार्कर की प्रार्थना के उत्तर में कोई बात कही थी, लेकिन मैं उसे सुन न सकी। फिर मिस्टर बार्कर ने मुझसे कहा कि मिसेज़ डगलस को ऊपर ले जाओ और उन्हीं के पास ठहरो।

"इस पर मैं उन्हें उनके सोने के कमरे में ले गई और उन्हें तसल्ली देने की कोशिश करने लगी। उस समय वे बड़ी परेशान नज़र आती थीं और उनका बदन थर-थर कांप रहा था।"

मिसेज़ एलन के बाद मिस्टर सेसिल बार्कर को बुलाया गया।

वारदात के सम्बंध में इससे पूर्व वह जो कुछ पुलिस को बता चुका था, उसमें किसी प्रकार की वृद्धि न हुई। उसकी व्यक्तिगत राय यही थी कि हत्या के बाद हत्यारा अवश्य ही उस खिड़की की राह से निकल भागा था और छज्जे पर खून के धब्बे इस बात की अकाट्य साक्षी थे। जब उससे पूछा गया कि उसके ख़याल में इस हत्या का कारण क्या हो सकता है, तो उसने बताया, "मिस्टर डगलस बड़े ही मौन प्रकृति के व्यक्ति थें और अपने अहित के बारे में कभी कुछ नहीं बताते थे। युवावस्था में वे आयरलैंड से चलकर अमेरिका गए थे और वहीं आबाद हो गए थे। वहां उन्होंने काफी धन कमाया। मेरी उनसे पहली भेंट कैलीफोर्निया में हुई थी, फिर मित्रता हो जाने पर हमने एक साथ बेंटोकेनियन में खानों की खुदाई का काम शुरू किया था। उस ज़माने में उनकी पहली पत्नी का देहांत हो चुका था और वे बहुत उदास रहते थे। हमारा काम अच्छा-खासा चल रहा था। फिर भी मिस्टर डगलस को न जाने एक दिन क्या सूझी कि उन्होंने अपने हिस्से का कारोबार बेच दिया और इंग्लैंड चले आए। मैं भी कुछ समय के बाद अपना पैसा वसूल करके लंदन आ गया। जहां तक मेरा ख़याल है, मिस्टर डगलस किसी अज्ञात भय से भयभीत होकर वहां से चले आए थे और शायद यही कारण था कि इंग्लैंड में भी उन्होंने यह बिलकुल अलग-थलग स्थान अपने निवास के लिए चुना। मैं समझता हूं कि कोई खुफिया सोसाइटी बड़े ज़ोरों से उनका पीछा कर रही थी और शायद उस सोसायटी की ओर से उनकी हत्या का फैसला किया जा चुका था..."

इस अवसर पर देहाती जासूस व्हाइट मेसन ने बात काटते हुए प्रश्न किया, "यदि ऐसा था तो मिस्टर डगलस ने पुलिस की सहायता क्यों नहीं ली?"

"आप ठीक कहते हैं, लेकिन कुछ खतरे ऐसे भी तो होते हैं जिनमें पुलिस कुछ नहीं कर सकती। जो हो, इस बारे में मैं आप लोगों को एक बात और बता देना चाहता हूं कि मिस्टर डगलस अपनी सुरक्षा के लिए हमेशा अपनी जेब में पिस्तौल रखते थे और इसे केवल दुर्भाग्य ही कहा जा सकता है कि वारदात के समय उन्होंने ड्रेसिंग गाउन पहन रखा था और उनका पिस्तौल उस कोट की जेब में रह गया था जिसे वे शयनकक्ष में छोड़ गए थे..."

एकाएक इंस्पेक्टर मेकडॉनल्ड, जो इस सारे बयान के दौरान में मिस्टर बार्कर की ओर एकटक घूरता रहा था, बोल उठा, "क्षमा कीजिए, मैं ज़रा समय के मामले में व्याख्या चाहूंगा।"

"किस बात का समय?" मिस्टर बार्कर ने आश्चर्य से पूछा।

"यही कि मिस्टर डगलस कितने बरस पहले कैलीफोर्निया छोड़कर यहां आए थे?"

"कोई छः बरस पहले।"

"और उसके अगले बरस आप भी उनके पीछे-पीछे यहां चले आए?"

"जी हां, मैं भी चला आया था।"

"और चूंकि उनकी दूसरी शादी आज से पांच साल पहले हुई थी, इसलिए मेरे ख़याल में आप लगभग उन्हीं दिनों यहां पहुंचे होंगे जब मिस्टर डगलस ने दूसरी शादी की?"

"उनकी दूसरी शादी मेरे यहां आने के एक महीना बाद हुई थी।"

"शादी से पहले क्या आप मिसेज़ डगलस से परिचित थे?"

"जी नहीं।

"लेकिन उसके बाद आपका इस महिला से काफी मेल-जोल रहा है, और शायद मिस्टर डगलस इसे पसंद नहीं करते थे..."

बार्कर का चेहरा एकदम पीला पड़ गया। फिर हाथों की मुट्ठियां बंद हो गईं। कड़ी नज़रों से इंस्पेक्टर की ओर देखकर बोला, "देखिए, आपको इस तरह के प्रश्न पूछने का कोई अधिकार नहीं..."

"और इसीलिए मैं यही प्रश्न आपसे दोबारा पूछता हूं।"

"तो मुझे इसका जवाब देने से साफ इंकार है।"

"खैर, आपको अधिकार है कि हमारी किसी बात का उत्तर न दें, लेकिन यह बात आप अवश्य जानते होंगे कि आपका यह इंकार अपने-आपमें स्वयं एक उत्तर है, क्योंकि इससे यही सिद्ध होता है कि आप किसी बात को छुपाने की कोशिश कर रहे हैं।"

बार्कर क्षण-भर के लिए चुपचाप खड़ा घूरती नज़रों से स्कॉटलैंड यार्ड के उस जासूस की ओर देखता रहा, फिर फीकी-सी मुस्कराहट के बाद बोला, "ठीक है, मैं समझ गया कि आप लोग अपने कर्त्तव्य का पालन कर रहे हैं और मुझे इस बात का कोई अधिकार नहीं कि मैं आपकी जांच-पड़ताल में बाधा डालूं, लेकिन इस बारे में मैं आपसे एक प्रार्थना करूंगा कि मिसेज़ डगलस को इस सिलसिले में ज़्यादा परेशान न किया जाए। वे बेचारी पहले ही गम के असह्य बोझ से दबी हुई हैं। और अब सुनिए, मैं स्वयं ही आपको सही बात बताए देता हूं। डगलस से मेरी इतनी गहरी मित्रता थी कि हम एक-दूसरे को भाइयों से भी बढ़कर मानते थे, लेकिन उसमें एक बड़ी खामी यह थी कि वह बड़ा ही ईर्ष्यालु था। किसी भी अवसर पर जब वह मुझे अपनी पत्नी के पास खड़ा देख लेता था तो जैसे उसके सीने

पर सांप लोट जाते थे। और कभी-कभी तो वह वाही-तबाही भी बकने लगता था। लेकिन इस किस्म की बातों के बावजूद मैं कसम खाकर कह सकता हूं कि वह बड़ा नेकदिल आदमी था और उसकी पत्नी उसके प्रति बड़ी वफादार थी। स्वयं अपने बारे में भी मैं कसम खा सकता हूं कि एक मित्र की हैसियत से मैंने कभी उन लोगों से बेवफाई नहीं की।"

बार्कर ने ये शब्द इतने जोशीले किंतु स्वाभाविक स्वर में कहे थे कि हर किसी को उस पर पूर्ण विश्वास हो जाना चाहिए था, लेकिन इंस्पेक्टर मेकडॉनल्ड पर जैसे इन शब्दों का कुछ भी प्रभाव नहीं हुआ।

"वह तो सब ठीक है", सुनी-अनसुनी-सी करते हुए उसने कहा, "लेकिन शादी की उस अंगूठी के बारे में आपका क्या ख़याल है जो मृत की उंगली से बड़े रहस्यमय ढंग से गायब हो गई है?"

"यह भी तो हो सकता है", बार्कर ने अटकल-सी लगाते हुए कहा, "कि मिस्टर डगलस ने स्वयं ही वह अंगूठी उतार दी हो।"

"बहुत खूब!" इंस्पेक्टर ने बार्कर की ओर देखते हुए तीखे व्यंग्य से कहा, "सवाल यह नहीं है कि अंगूठी किसने उतारी, बल्कि अंगूठी का मौजूद न होना ज़ाहिर करता है कि मिस्टर डगलस की शादी में और इस हत्या में कुछ-न-कुछ सम्बंध ज़रूर है।"

इस पर बार्कर ने अपने चौड़े कंधों को हिलाते हुए कहा, "यह तो मैं नहीं जानता कि कुछ सम्बंध है या नहीं, लेकिन अगर आपका मतलब यह है कि आपको एक भद्र महिला की उसके पति के प्रति वफादारी पर संदेह है, तो मैं आपसे कहूंगा कि आपने बिलकुल गलत नतीजा निकाला है।"

"ठीक है," इंस्पेक्टर मेकडॉनल्ड ने रूखे स्वर में कहा, "अभी मैं आपसे कोई और प्रश्न नहीं पूछना चाहता। आप चाहें तो जा सकते हैं।"

"ज़रा ठहरिए," यह आवाज़ शरलक होम्ज़ की थी, "एक छोटी-सी बात बीच में रही जाती है। मैं आपसे केवल इतना पूछना चाहता हूं मिस्टर बार्कर, कि जब आप कमरे में दाखिल हुए थे, तो क्या मोमबत्ती जल रही थी?"

"जी हां।"

"और उसके प्रकाश में आपने वह भयानक दृश्य देखा?"

"जी हां।"

"फिर आपने सहायता के लिए तुरंत घंटी बजाई?"

"जी हां।"

"और सहायक आ गए?"

"अधिक-से-अधिक एक मिनट में।"

"इसके बावजूद वास्तविकता यह है कि जब वे लोग आए, तो मोमबत्ती बुझी हुई थी और लैम्प जल रहा था–क्या यह विचित्र बल्कि आश्चर्यजनक बात नहीं?"

बार्कर के चेहरे का रंग बदल गया। घूरकर उसने होम्ज़ की ओर देखा, फिर धीरे-धीरे बोला, "लेकिन मुझे तो इसमें कुछ भी असाधारण या विचित्र मालूम नहीं होता। मोमबत्ती की रोशनी बहुत मद्धम थी, और दृश्य बहुत भयंकर था। इसलिए अच्छी तरह देखने के लिए मैंने वह लैम्प जला दिया।"

"और मोमबत्ती बुझा दी?"

"जी हां।"

होम्ज़ ने इसके बाद कोई प्रश्न नहीं पूछा। क्षण-भर के लिए बार्कर विमूढ़-सा दरवाज़े की चौखट में खड़ा हम लोगों की ओर देखता रहा, फिर एकदम पलटकर कमरे से बाहर हो गया।

मिस्टर बार्कर का बयान लेने से कुछ देर पहले इंस्पेक्टर मेकडॉनल्ड ने मिसेज़ डगलस को यह संदेश भेजा था कि हम आपकी सेवा में उपस्थित होकर कुछ जानकारी प्राप्त करना चाहते हैं, जिसके उत्तर में उसने कहला भेजा था कि अन्य लोगों की तरह मैं भी आपको वहीं खाने के कमरे में मिलूंगी। अतएव अब वह उस कमरे में आ गई।

वह लगभग तीस वर्ष की एक ऊंचे कद की काफी सुंदर महिला थी, ऐसी गम्भीर और मौन कि देखकर आश्चर्य होता था। मेरा ख़याल था कि उस असह्य दुर्घटना के कारण वह बिलकुल अस्त-व्यस्त हो रही होगी, लेकिन नहीं, वह काफी हद तक अपनी सामान्य स्थिति में थी। आते ही उसने एक प्रश्न किया :

"क्या आप लोगों ने कोई विशेष बात मालूम की?"

मैं नहीं कह सकता कि मेरा भ्रम था या यह वास्तविकता थी, लेकिन उसके प्रश्न के स्वर में आशा की बजाय मुझे संदेह की झलक अधिक नज़र आई।

इस पर मेकडॉनल्ड ने उत्तर दिया, "मिसेज़ डगलस, हमसे जो कुछ भी हो सकता है वह हम इस मामले में कर रहे हैं, और आप निश्चिंत रहें, आगे भी हर सम्भव कार्रवाई की जाएगी।"

"देखिए, मैं आपसे प्रार्थना करती हूं कि इस बारे में कोई भी कसर न उठा रखें," महिला ने सामान्य स्वर में कहा, "जहां तक खर्च आदि का सवाल है, आप खुले दिल से खर्च कर सकते हैं..."

"धन्यवाद?" इंस्पेक्टर मेकडॉनल्ड ने बात काटते हुए कहा, "आपको इसलिए कष्ट दिया गया है कि..."

"मैं नहीं जानती, "मिसेज़ डगलस ने भी बात काटते हुए कहा, "कि मैं आप लोगों की क्या सहायता कर सकती हूं, फिर भी जो कुछ मुझे मालूम है उसका एक-एक शब्द आप मुझसे पूछ सकते हैं।"

"देखिए, मिस्टर सेसिल बार्कर की ज़बानी हमें मालूम हुआ है कि आपने वारदात की कैफियत नहीं देखी...यानी आप उस कमरे में नहीं जा सकीं जिसमें वारदात हुई थी...क्या यह सही है?"

"अफसोस, उन्होंने मुझे सीढ़ियों पर से ही वापस भेज दिया था।"

"अच्छा, तो जब आपने गोली चलने की आवाज़ सुनी थी, तो क्या तुरंत नीचे की ओर भागी थीं?"

"बस, इतनी-सी देर हुई होगी, जितने में ड्रेसिंग गाउन पहना जा सकता है।"

"गोली की आवाज़ सुनाई देने के लगभग कितनी देर बाद मिस्टर बार्कर ने आपको सीढ़ियों पर रोका था?"

"अधिक-से-अधिक दो मिनट हुए होंगे, लेकिन आप जानें, ऐसे अवसर पर समय का ठीक-ठीक अनुमान नहीं किया जा सकता..."

"खैर, आप इस बारे में कुछ बता सकती हैं कि गोली की

आवाज़ सुनने से पहले आपके पति को नीचे गए कितनी देर हुई थी?"

"अफसोस, इस बारे में मैं ठीक से कुछ नहीं कह सकती। वे अपने लिबास बदलने के कमरे में थे। वहीं से चले गए होंगे। मैंने उनके जाने की आवाज़ भी नहीं सुनी। उनकी आदत थी कि रात को सोने से पहले स्वयं मकान का हर भाग देखने जाते थे, क्योंकि उन्हें हर समय मकान में आग लगने की आशंका रहती थी।"

"मैं उनकी आशंकाओं के बारे में ही आपसे कुछ प्रश्न पूछना चाहता हूं, लेकिन उससे पहले आप यह बताइए कि मिस्टर डगलस से आपकी पहली भेंट इंग्लैंड ही में हुई थी या कहीं और?"

"इंग्लैंड में ही हुई थी...हमारी शादी हुए पांच बरस हो चुके हैं।"

"इस बीच में कभी आपने मिस्टर डगलस के मुंह से कोई ऐसी बात सुनी थीं जो उनके अमेरिका-निवास से सम्बंध रखती हो और जिसमें किसी खतरे का ज़िक्र आया हो?"

मिसेज़ डगलस थोड़ी देर तक चुपचाप सोचती रही फिर बोली, "हां, मुझे कई बार संदेह होता था कि वे अपने-आपको किसी अज्ञात खतरे से घिरा हुआ महसूस करते थे, और कई बार तो उनके मुंह से ऐसे शब्द भी निकल जाते थे जिनसे मेरे संदेह की पुष्टि होती थी। अगर कोई अजनबी उनसे मिलने आता था तो वे और भी परेशान हो जाते थे–उन्हें लगता था जैसे कोई उनका पीछा कर रहा है..."

"अभी आपने कहा था मादाम, कि मिस्टर डगलस के मुंह से कभी-कभी ऐसे शब्द निकल जाते थे जिनसे आपके इस संदेह की पुष्टि होती थी कि वे अपने-आपको किसी अज्ञात खतरे से घिरा हुआ महसूस करते थे, "मिसेज़ डगलस के शब्दों का हवाला देते हुए यह

वाक्य मेरे मित्र शरलक होम्ज़ ने कहे थे।

"जी हां," मिसेज़ डगलस ने संक्षिप्त उत्तर दिया।

"क्या मैं पूछ सकता हूं कि वे शब्द क्या थे?"

"मामूली-से दो शब्द थे–भयंकर वादी," मिसेज़ डगलस ने उत्तर दिया, "जब कभी मैं इन शब्दों के बारे में उनसे पूछती थी, तो वे यह कहकर टालने की कोशिश किया करते थे कि मैं उस भयंकर वादी में रह चुका हूं, लेकिन कभी-कभी स्वयं ही कहने लगते थे कि अभी तक पूरी तरह उसकी सीमाओं से मैं बाहर नहीं निकल सका..."

"क्या आपने कभी उनसे यह नहीं पूछा कि आखिर यह तथाकथित भयंकर वादी है कहां?"

"मैंने कई बार उनसे पूछने की कोशिश की थी, लेकिन ऐसे अवसर पर उनकी मुखमुद्रा बड़ी गम्भीर हो जाती थी और वे यह कहकर बात टाल देते थे कि यही आफत क्या कम है कि मैं उसकी मनहूस छाया में ज़िंदगी गुज़ार चुका हूं! भगवान करे, किसी दूसरे को वह सब देखना नसीब न हो।"

"क्या इस सिलसिले में उन्होंने कभी किसी व्यक्ति का भी नाम लिया था?"

"हां–एक बार ऐसा हुआ कि वे शिकार खेलने गए। वहां कोई ऐसी घटना हुई कि उन्हें तेज़ बुखार हो गया। उस अर्द्धमूर्च्छित अवस्था में उनके मुंह से कई बार एक ऐसा नाम निकला जिसे कहते हुए उनके चेहरे पर क्रोध और त्रास के लक्षण उभर-उभर आते थे। वह नाम था– मेक जंटी...बॉडी मास्टर मेक जंटी। बाद में जब वे

स्वस्थ हो गए तो मैंने उनसे पूछा कि आखिर यह बॉडी मास्टर मेक जंटी कौन है और वह किसके शरीर का मालिक है? इस पर वे कहकहा लगाकर हंसने लगे और बोले, 'भगवान को धन्यवाद दो प्रिये, कि वह मेरे शरीर का मालिक नहीं है।' बस इतनी ही बात हुई थी, लेकिन अब मैं इस परिणाम पर पहुंच चुकी हूं कि इन दो नामों– भयंकर वादी और बॉडी मास्टर मेक जंटी में अवश्य ही कोई तालमेल है।"

शरलक होम्ज़ तो यह सुनकर चुप हो गया, लेकिन इंस्पेक्टर मेकडॉनल्ड ने दूसरी चर्चा छेड़ते हुए कहा, "एक बात और। मिस्टर डगलस से आपकी पहली भेंट शायद लंदन के एक बोर्डिंग हाउस में हुई थी और वहीं आप लोगों ने शादी का निश्चय किया था। अब जो बात मैं पूछना चाहता हूं, वह यह है कि क्या उस सम्बंध में रोमांस का दखल था या कोई अन्य रहस्यपूर्ण घटना घटी थी?"

"रोमांस ज़रूर था साहब और हमेशा हुआ करता है, लेकिन ऐसी कोई घटना नहीं हुई जिसे रहस्यपूर्ण कहा जा सके।"

"देखिए, मेरे पूछने का मतलब यह है कि उन दिनों कोई अन्य व्यक्ति तो ऐसा नहीं था जो आपको चाहता हो?"

"बिलकुल नहीं, मैं हर प्रकार से स्वतंत्र थी।"

"और यह तो आपने सुन ही लिया होगा कि मिस्टर डगलस की उंगली से शादी की अंगूठी उतार ली गई है–क्या इसके बारे में आप कुछ कह सकती हैं?"

क्षण-भर के लिए मुझे ऐसा लगा कि मादाम के होंठों पर फीकी-सी मुस्कराहट उभरी है, लेकिन तुरंत ही संयम से काम लेते हुए उसने कहा, "अफसोस, कि इस बारे में मैं कुछ नहीं कह सकती, लेकिन

यह है बहुत विचित्र और असाधारण बात... !"

"बस मादाम ! अब आप जा सकती हैं," इंस्पेक्टर मेकडॉनल्ड ने कहा और मिसेज़ डगलस हम सब पर एक घूमती हुई नज़र डालकर बिना 'धन्यवाद' कहे बाहर निकल गई।

उस घूमती हुई नज़र में छुपा हुआ जो मनोभाव मैं पढ़ सका उसे शब्दों में यों व्यक्त किया जा सकता है–कहिए, मेरे बयान का आप लोगों पर क्या असर हुआ ?

5

मिसेज डगलस के जाते ही जब दरवाजा फिर से बंद कर लिया गया तो बात शुरू करने में इंस्पेक्टर मेकडॉनल्ड ने पहल की। बोला, "स्त्री काफी सुंदर है और यह भी साबित हो चुका है कि बार्कर अक्सर इस घर में आकर रहता था। यों भी वह ऐसे ज़ुस्से और चेहरे-मोहरे का मालिक है कि कोई भी स्त्री उसकी ओर खिंच सकती है। फिर यह बात भी उसने स्वीकार कर ली है कि मिस्टर डगलस को उसके प्रति ईर्ष्या थी, और इसीलिए मैं समझता हूं कि अंगूठी की बात किसी तरह नज़रअंदाज़ नहीं की जा सकती। जो व्यक्ति किसी लाश की उंगली से उसकी शादी की अंगूठी उतारता है वह अवश्य ही..." कहते-कहते वह रुक गया और फिर मेरे मित्र

की ओर मुड़कर बोला, "क्यों मिस्टर होम्ज़! इस बारे में आपकी क्या राय है?"

उस समय शरलक होम्ज़ अपने सिर को दोनों हाथों में थामे किसी गहरी सोच में डूबा हुआ था। मेकडॉनल्ड के प्रश्न का उत्तर देने की बजाय उसने अपनी जगह से उठकर घंटी बजाई और फिर बढ़कर दरवाज़ा भी खोल दिया। घंटी की आवाज़ पर एम्ज़ तुरंत कमरे में आ पहुंचा।

"क्यों एम्ज़, मिस्टर सेसिल बार्कर इस समय कहां हैं?" होम्ज़ ने पूछा।

"जी, वे बाग में टहलने चले गए हैं– बुला लाऊं?"

"नहीं, खैर, तुम ही बता दो कि कल रात जब तुम वारदात के कमरे में गए थे तो उस समय मिस्टर बार्कर ने अपने पैरों में क्या चीज़ पहन रखी थी? क्या तुम्हें याद है?"

"जी हां, मुझे अच्छी तरह याद है, उनके पांव में कार्पेट स्लीपर थे। बाद में जब वे पुलिस को सूचना देने गए, तो मैंने ही उन्हें उनके बूट लाकर दिए थे।"

"और अब वे स्लीपर कहां हैं?"

"जी, ड्योढ़ी में कुर्सी के नीचे पड़े हैं।"

"ठीक है–दरअसल हमारे लिए यह जानना बहुत ज़रूरी था कि उस कमरे में कौन-कौन से निशान मिस्टर बार्कर के आने-जाने से बने और कौन-से उस अज्ञात व्यक्ति के थे जिसने तुम्हारे मालिक की हत्या की।"

“ठीक है साहब! लेकिन इस बारे में मैं यह भी निवेदन कर दूं कि उन स्लीपरों के तलों में खून के दाग लगे हैं–उनमें ही नहीं, मेरे जूतों के तलों में भी लगे हैं। आखिर मैं भी तो उस कमरे में गया था।”

“हां, हां–सो तो होंगे ही, आखिर कमरे में खून ही खून फैला हुआ था–खैर, अब तुम जा सकते हो, अगर ज़रूरत हुई तो फिर घंटी बजाकर बुला लेंगे।"

इसके चंद मिनट बाद जब हम पुनः वारदात के कमरे में गए तो होम्ज़ ने ड्योढ़ी में से बार्कर के वे स्लीपर भी साथ ले लिए थे जिनके तलों पर एम्ज़ के कथनानुसार खून के सूखे हुए दाग लगे थे।

तब होम्ज़ खिड़की के पास खड़ा बड़े ध्यान से उन स्लीपरों की ओर देख रहा था फिर मानो बड़बड़ाते हुए वह कह उठा, “ठीक... लेकिन कितनी अजीब बात है!” लेकिन इससे पहले कि हममें से कोई उससे यह पूछता कि आखिर वह अजीब बात कौन- सी है, उसने स्लीपर का एक पांव खिड़की के छज्जे पर लगे खून के निशान पर रख दिया और यह देखकर हम चकित रह गए कि स्लीपर उस निशान पर बिलकुल ठीक बैठा था। इस पर होम्ज़ तो मुस्करा-भर दिया, लेकिन इंस्पेक्टर मेकडॉनल्ड का चेहरा कानों तक लाल हो उठा, “हे भगवान्!” उसने करीब-करीब चिल्लाते हुए कहा, “अब इसमें किसी संदेह को गुंजाइश नहीं कि ये निशान बार्कर ही के बनाए हुए हैं।”

देहाती जासूस व्हाइट मेसन भी अपने दोनों हाथ मलता हुए बोला, “मैं तो पहले ही कहता था, मामला बड़ा रहस्यपूर्ण है। देख लीजिए, रहस्य बढ़ते ही जाते हैं।”

अब उन तीनों जासूसों को चूंकि उस नई खोज के बारे में काफी माथापच्ची करनी थी और मैं कुछ थकान-सी महसूस करने लगा था इसलिए उनसे आज्ञा लेकर मैं विश्राम के इरादे से सराय की ओर चल दिया। रास्ते में वही–कई एकड़ भूमि में फैला हुआ विस्तृत बाग पड़ता था, जिसने इस प्राचीन इमारत को घेर रखा था। यह बाग इतना शानदार और इसके दृश्य इतने मनमोहक थे कि वक्ती तौर पर मैं सभी कुछ यहां तक कि अभागे डगलस की निर्मम हत्या तक को भूल गया। लेकिन यह क्या? बाग के अंतिम छोर तक पहुंचते-पहुंचते मेरे कदम आप ही आप ठिठक गए–देवदार के एक घने झुंड के पीछे मुझे एक स्त्री और एक पुरुष के बातें करने की आवाज़ सुनाई दी। पुरुष ने अपनी भारी आवाज़ में कुछ कहा था जिस पर स्त्री कहकहा लगाकर हंस पड़ी थी, और जब मैंने वृक्षों की ओट लेते हुए यह जानने की कोशिश की कि आखिर वे कौन लोग हैं, तो मैं एकदम स्तब्ध रह गया–वे स्त्री और पुरुष कोई अन्य नहीं, मिसेज़ डगलस और सेसिल बार्कर ही थे। दोनों एक संगमरमर के चबूतरे पर एक-दूसरे से बिलकुल सटकर बैठे हुए थे और शायद कोई और बात करनेवाले थे कि एकाएक बार्कर ने मानो टोह लेने के लिए इधर-उधर झांका और दूसरे ही क्षण उसकी नज़र मुझ पर पड़ गई और इससे पहले कि मैं लापरवाही-सी दर्शाता हुआ वहां से चल देता, वह लपककर मेरे पास आ पहुंचा।

"क्षमा कीजिए," उसने अपने ख़याल में कहा, "शायद आप ही का नाम डॉक्टर वाटसन है?

उत्तर दिए बिना चारा न था, तो भी मैंने कुछ ऐसी शुष्कता से सिर झुकाकर हामी भरी जिससे वह समझ जाए कि मेरे मन में उसके प्रति कुछ अच्छे विचार नहीं हैं।

"मैं पहले ही समझ गया था कि आप वही डॉक्टर वाटसन हैं, जिनकी मिस्टर होम्ज़ से गहरी मित्रता है–कष्ट न हो तो ज़रा इधर तशरीफ लाइए, मिसेज़ डगलस आपसे कुछ कहना चाहती हैं।"

शिष्टाचार के नाते मैं उसके साथ तो हो लिया लेकिन मेरे मन में उनके प्रति अब तक काफी क्रोध पैदा हो चुका था। लानत है ऐसी ब्याहता स्त्री पर जिसके पति की लाश अभी तक घर में पड़ी है और वह अपने अनुचित प्रेम का इस प्रकार प्रदर्शन कर रही है।

ज्योंही हम दोनों उस चबूतरे के पास पहुंचे, मिसेज़ डगलस सकपकाती हुई उठ खड़ी हुई। "मैं जानती हूं," उसने कहना शुरू किया, "कि इस समय मुझे यहां देखकर आप अवश्य ही मुझे निर्दयी और निर्लज्ज समझेंगे, लेकिन..."

"आप अपने हर कर्म के लिए स्वतंत्र हैं मादाम," मैंने बात काटते हुए उपेक्षा के स्वर में कहा, "भला मुझे आपके उचित-अनुचित से क्या सम्बंध हो सकता है!"

"फिर भी," मादाम ने आंखें झपकाते हुए कहा, "मैं आपको विश्वास दिलाती हूं कि एक दिन आएगा जब आप मेरे साथ न्याय करने पर विवश होंगे। काश! आपको मालूम होता कि..."

"लेकिन डॉक्टर वाटसन से कुछ कहने की क्या ज़रूरत है?" इस बार बार्कर ने बात काटी, "यह तो कह ही चुके हैं कि इन्हें इन बातों से कोई सम्बंध नहीं।"

"ठीक ही तो है," मैंने कटुता से उत्तर दिया और जाने के लिए मुड़ा।

"एक मिनट ठहरिए डॉक्टर वाटसन," मिसेज़ डगलस ने अपने

स्वर में प्रार्थना-सी लाते हुए कहा, "कम-से-कम एक प्रश्न ऐसा है जिसका उत्तर आप दूसरों की अपेक्षा अधिक सफाई से दे सकते हैं। आप मिस्टर होम्ज़ के घनिष्ठ मित्र हैं और आपको यह भी मालूम है कि पुलिस विभाग से उनके सम्बंध कैसे हैं। मैं आपसे केवल यह पूछना चाहती हूं कि यदि मिस्टर होम्ज़ को कोई भेद की बात बताई जाए, तो क्या यह ज़रूरी है कि वे अवश्य ही उसे पुलिस को बता देंगे?"

मुझे ऐसे बेकार के प्रश्नोत्तर में अब कोई दिलचस्पी न रही थी, फिर भी मैंने कहा, "मिस्टर होम्ज़ अपनी मर्ज़ी के मालिक हैं मादाम, फिर भी अपराधी को उचित दंड दिलाने में वे हर प्रकार से पुलिस की सहायता करते हैं–आपको इससे अधिक कुछ जानना हो तो आप सीधे उन्हीं से बात करें।" और यह कहकर मैं तुरंत वहां से चल दिया।

दोपहर का सारा समय अपने दोनों जासूस साथियों के साथ गुज़ारने के बाद जब शाम के पांच बजे होम्ज़ वापस आया तो मैंने मिसेज़ डगलस और बार्कर से सम्बंधित सारी घटना उसे सुना दी और अंत में यह भी बता दिया कि वह उससे कोई भेद की बात कहना चाहती है।

"मैं उस पचड़े में नहीं पड़ना चाहता हूं," होम्ज़ ने उदासीनतापूर्वक कहा, "क्योंकि जब किसी को गिरफ्तार करने का मौका आता है तो इस प्रकार की मैत्री कष्टदायक सिद्ध होती है।"

"तो क्या तुम्हारे ख़याल में मामला इस हद तक पहुंच चुका है?"

"नहीं, अभी इसकी नौबत नहीं आई, लेकिन जब हमें उसे खोए हुए डम्बल का सुराग मिल जाएगा तो..."

"डम्बल?" मैंने आश्चर्य से पूछा।

"हां डम्बल, तुम नहीं जानते वाटसन, कि इस वारदात में एक डम्बल का खो जाना कितना महत्त्व रखता है। ज़रा गौर करो कि पूरे संसार में कोई भी व्यक्ति केवल एक डम्बल से व्यायाम कर सकता है? बिलकुल नहीं। इससे तो रीढ़ की हड्डी खम खा जाती है और इसीलिए हमें वह लापता डम्बल अवश्य खोज निकालना चाहिए।"

फिर अपना पाइप सुलगाकर होम्ज़ आरामकुर्सी पर लेट गया और जैसे अपने-आपसे बातें कर रहा हो, वारदात के सम्बंध में कहने लगा, "वास्तव में हमें यहां आते ही तरह-तरह की मिथ्या बातों का सामना करना पड़ा है। हमारी खोजबीन की शुरुआत ही झूठे और गलत बयानों से हुई है। बार्कर का बयान तो एकदम गलत है, और जब हम देखते हैं कि मिसेज़ डगलस भी उसका समर्थन करती हैं, तो हमें यही परिणाम निकालना पड़ता है कि उन दोनों ने आपस में कोई साज़िश कर रखी है।" फिर ज़रा ऊंची आवाज़ में मुझसे सम्बोधित होते हुए बोला, "ज़रा उनके बयानों पर फिर से गौर करो वाटसन। उनके बयान के मुताबिक हत्यारे को मृत डगलस के हाथ से एक ऐसी अंगूठी उतारने में, जो दूसरी अंगूठी के नीचे पहनी हुई थी, एक मिनट से भी कम का समय लगा। इस पर मज़े की बात यह कि इस अल्प अवधि में हत्यारे ने वह दूसरी अंगूठी जो शादी की अंगूठी के ऊपर पहनी हुई थी, दोबारा उसकी उंगली में पहना दी। ज़रा गौर करो वाटसन कि ये सब काम–और उस विचित्र कार्ड को लाश की बगल में रखने का काम–यह सभी कुछ एक मिनट की अवधि में हो

सकता है? और इसीलिए वाटसन, हमें इस नतीजे पर पहुंचना पड़ता है कि हत्यारा उस हालत में जबकि मेज़ पर रखा हुआ लैम्प जला दिया गया था और मोमबत्ती बुझा दी गई थी, काफी समय तक उस कमरे में रहा।

"इसके बाद वारदात को लो, निश्चय ही हत्या बंदूक के फायर से हुई है; लेकिन यह भी निश्चित ही है कि बंदूक का फायर उस समय से काफी पहले हो चुका था जो समय हमें बताया गया है। और इससे यह बात स्पष्ट हो जाती है कि जिन दो व्यक्तियों ने फायर की आवाज़ सुनी थी–अर्थात् बार्कर और मिसेज़ डगलस ने–उन दोनों की आपस में मिलीभगत है और उस बार्कर ने तो खिड़की के छज्जे पर खून के निशान बनाकर हमें बिलकुल ही गलत दिशा में डाल दिया था।

"अब सवाल पैदा होता है कि आखिर वारदात हुई किस समय? रात के साढ़े दस बजे तक सभी नौकर इधर-उधर काम करते रहे, इसलिए वारदात इससे पहले न हुई होगी। पौने ग्यारह बजे दारोगा एम्ज़ के सिवा, जो भंडार में कीमती बरतन रखने में व्यस्त था, अन्य सब नौकर अपने-अपने कमरों में चले गए। और अब सुनो, आज दोपहर को जब तुम वहां से चले आए थे, तो मैंने कुछ तजुर्बे करके देखे थे। मैं उस भंडार में गया जहां रात एम्ज़ बरतन रख रहा था और मैंने इंस्पेक्टर मेकडॉनल्ड को वारदात के कमरे में रहकर ऊंची-ऊंची आवाज़ें पैदा करने को कहा। उसने काफी ज़ोरदार आवाज़ें पैदा कीं, लेकिन उनमें से कोई आवाज़ भी मुझ तक नहीं पहुंची। हां, बड़ी नौकरानी के कमरे की स्थिति कुछ भिन्न थी। उसका कमरा उतनी दूर भी नहीं है, और अगर आवाज़ें उसी ज़ोर से की जाएं तो हल्की ही सही, वहां तक पहुंच ज़रूर जाती हैं।

"यहां यह बात भी याद रखने की है कि अगर बंदूक का फायर निशाने के बिलकुल निकट से किया जाए, तो आवाज़ ज़्यादा तेज़ नहीं निकलती। फिर भी वह एलन के कमरे में अवश्य पहुंची होगी। एलन यद्यपि कुछ बहरी है, फिर भी तुम जानते हो, उसने हमें बताया था कि वारदात का पता चलने से कोई आधा घंटा पहले उसने कुछ इस प्रकार की आवाज़ सुनी थी जैसे कोई दरवाज़ा बंद किया गया हो। वारदात से आधा घंटा पहले का मतलब होता है पौने ग्यारह बजे। बस, वारदात पौने ग्यारह बजे हुई थी और आवाज़ दरवाज़ा बंद करने की नहीं, बंदूक के फायर की आवाज़ थी।

"इस परिणाम पर पहुंचने के बाद अंतिम सवाल यह पैदा होता है कि अगर बार्कर और मिसेज़ डगलस हत्यारे नहीं हैं तो फिर पौने ग्यारह बजे से लेकर सवा ग्यारह बजे तक, जब घंटी बजाकर उन्होंने नौकरों को तलब किया, वे दोनों क्या करते रहे?"

इस अवसर पर मैंने एक लम्बी आह भरकर कहा, "अगर मुझसे पूछते हो तो चाहे बार्कर और वह महिला हत्यारे हों या न हों, उनमें किसी प्रकार की साठ-गांठ ज़रूर हो चुकी है अन्यथा ऐसी कौन स्त्री होती जो अपने पति की हत्या के कुछ घंटे बाद ही, जबकि लाश घर में पड़ी हो, किसी पराये पुरुष के साथ हंसती-खेलती नज़र आए। और सच पूछो तो मेरे ख़याल में उन दोनों ने ही अभागे डगलस की हत्या की है।"

"तुममें बस यही ऐब है वाटसन, कि तुम बहुत जल्द आगे निकल जाते हो," होम्ज़ ने अपने बुझे हुए पाइप को पुनः सुलगाते हुए कहा, "अभी हम यह मानकर क्यों न चलें कि बार्कर और मिसेज़ डगलस, दोनों को वारदात की वास्तविकता का ज्ञान है और वे उसे छिपाने की कोशिश कर रहे हैं..."

“लेकिन मैं इस ख़याल का हामी नहीं,” मैंने कुछ तुर्शी से कहा।

“अच्छी बात है, हम तुम्हारी बात को लेकर ही आगे बढ़ते हैं,” होम्ज़ ने पाइप का एक लम्बा कश लेकर धुआं छत की ओर छोड़ते हुए कहा, “तुम्हारी राय में उन दोनों में अनुचित सम्बंध है और वे दोनों इतने होशियार भी हैं कि उन्होंने किसी को कानोकान खबर न होने दी और भीतर ही भीतर मिस्टर डगलस को ठिकाने लगाने की साज़िश रच डाली– लेकिन इसके साथ ही तुम्हें यह नहीं भूलना चाहिए वाटसन, कि मिस्टर डगलस को हर समय किसी अज्ञात खतरे का भय लगा रहता था।”

“यह बात भी तो बार्कर और मिसेज़ डगलस ही की बताई हुई है।”

यह सुनकर होम्ज़ क्षण-भर के लिए चुप हो गया। फिर कुछ सोचते हुए बोला, “फिर तो इसका यह मतलब हुआ कि न तो मिस्टर डगलस को किसी प्रकार का कोई भय था और न ही इस हत्या में किसी खुफिया सोसायटी का हाथ है। उस भयंकर वादी का भी कोई वजूद नहीं और न ही उस रहस्यमय व्यक्ति का कोई अस्तित्व है जिसका नाम शायद मेक जंटी बताया गया था। चलो, अभी हम यह सभी कुछ माने लेते हैं और यह भी मान लेते हैं कि बार्कर और मिसेज़ डगलस ही असल हत्यारे हैं, लेकिन क्या तुम मुझे बता सकोगे कि हत्या के लिए उन्होंने एक अमेरिकन तर्ज़ की कटी हुई बंदूक क्यों इस्तेमाल की और यह भी कि उन्हें इस बात का कैसे विश्वास हो गया कि जब फायर किया जाएगा तो उसकी आवाज़ सुनकर कोई भी व्यक्ति घटनास्थल पर नहीं आएगा? फिर उन्होंने मिस्टर डलगस की उंगली से शादी की अंगूठी क्यों उतारी जबकि

इसी एक बात पर उन्हें संदेह की लपेट में लिया जा सकता था। इसी तरह उस साइकल की बात लो। क्या उन दोनों की अक्ल पर ऐसे पत्थर पड़ गए थे कि उन्होंने कहीं से एक पुराना साइकल लाकर उन झाड़ियों में छिपा दिया और यह मान बैठे कि उससे यह सिद्ध हो जाएगा कि हत्यारा कहीं बाहर से आया है? कोई मूर्ख जासूस भी यह प्रश्न पूछे बिना नहीं रह सकता कि हत्यारे ने ऐसा क्यों किया जबकि उस अवसर की सबसे बड़ी ज़रूरत यह थी कि वह साइकल पर सवार होंकर जल्द-से-जल्द दूर निकल जाता। बताओ, तुम्हारे पास इनमें से किसी एक बात का भी जवाब है?"

मुझे चुप पाकर उसने फिर कहना शुरू किया, "इसके बावजूद मैं तुमको विश्वास दिलाना चाहता हूं कि घटनाओं की कोई गांठ भी ऐसी नहीं होती जिसे सुलझाया न जा सके और इसीलिए आओ, मैं तुम्हें एक नई दिशा पर ले चलता हूं। यह ठीक है कि अभी वह एक अपरिपक्क विचार से अधिक महत्त्व नहीं रखता, लेकिन आखिर विचारों की उड़ान से ही तो मनुष्य वास्तविकता खोजने के योग्य होता है।

"कुछ देर के लिए हम फर्ज़ किए लेते हैं कि डगलस के जीवन में कोई ऐसी घटना घटी थी जो शायद लज्जाजनक हो और उसी सिलसिले में किसी व्यक्ति ने बाहर से आकर उस बीती घटना का बदला लेने के लिए उसकी हत्या कर डाली हो। यह बात अभी तक मेरी समझ में नहीं आई कि आखिर उस आदमी ने मृत की उंगली से शादी से अंगूठी क्यों उतारी? लेकिन अभी इस बात को नज़रअंदाज़ कर दें तो आगे बढ़ने में सुविधा होगी। हालात से पता चलता है कि वारदात के बाद हत्यारे के फरार होने से पहले ही बार्कर और मिसेज़ डगलस घटनास्थल पहुंच गए थे, लेकिन हत्यारे

ने उनसे स्पष्ट रूप से कह दिया कि यदि उन्होंने गिरफ्तार करवाने की कोई भी कोशिश की तो उसे उन सब लज्जाजनक बातों का पर्दाफाश कर देना पड़ेगा जो डगलस अपने जीवन में कर चुका था। कुछ थोड़े-बहुत संकेत भी उसने दिए होंगे जिन्हें स्वीकार करते हुए मिसेज़ डगलस और बार्कर ने उसे वहां से चुपचाप निकल जाने में सहायता दी होगी। यही नहीं, उसकी सहूलियत के लिए उन्होंने खंदक का उठा हुआ पुल भी डाल दिया और उसी सावधानी से उसे पुनः उठा लिया। अभी इस बात को तो मैं अपनी पकड़ में नहीं ले पाया कि हत्यारे ने अपने साइकल पर जाने की बजाय पैदल जाना क्यों पसंद किया, लेकिन समय आने पर इसका भी पता चल जाएगा। अभी तुम इसी बात पर गौर करो कि हत्यारे के यों साफ निकल जाने के बाद मिसेज़ डगलस और बार्कर किस उलझन में फंस गए होंगे? यहां मुझे उनकी हाज़िरदिमागी की दाद देनी पड़ेगी कि मिस्टर डलगस की मृत देह उनके सामने पड़ी थीं और उन्होंने ऐसी युक्तियां सोच निकालीं जिनसे पुलिस को गुमराह किया जा सकता था। उनमें सबसे अहम खून के वे निशान थे जो बार्कर ने अपने स्लीपरों से खिड़की के छज्जे पर बनाए। मेरे ख़याल में बंदूक चलने की आवाज़ भी इन्हीं दो ने सुनी थी और इन्होंने ही वारदात के आधे घंटे बाद नौकरों को बुलाने के लिए घंटी बजाई थी।"

इस पर मैं अपने मित्र से यह पूछे बिना न रह सका कि उसने फर्ज़ तो बहुत कुछ कर लिया है, लेकिन इसका कोई सबूत कैसे जुटाया जा सकता है?

उत्तर देते हुए होम्ज़ ने कहा, "अगर अपराधी सचमुच बाहर से आया था तो उसका सुराग लगाना और उसे गिरफ्तार करना कोई असम्भव बात नहीं है और जब वह पकड़ा जाएगा तो एक ज़बरदस्त

सबूत हमारे हाथ आ जाएगा। लेकिन किसी भी कारण से यदि ऐसा न हो सका, तो भी तहकीकात से बहुत-सी बातें मालूम की जा सकती हैं, और इसीलिए मैंने फैसला किया है कि आज की रात मैं वारदात के कमरे में गुज़ारूंगा।"

"क्या? तो क्या तुम उस कमरे में अकेले रहोगे?" मैंने आश्चर्य से पूछा।

"हां, अकेले ही। दारोगा एम्ज़ से कहकर मैंने इसका इंतज़ाम भी कर लिया है और मुझे विश्वास है कि इस प्रकार मैं बहुत-सी उपयोगी बातें जानने में सफल हो सकूंगा; लेकिन हां, याद आ गया, तुम्हारी वह बड़ी-सी छतरी कहां है?"

"छतरी? मेरे पास है, क्यों?"

"बस मैं तुम्हारे इसी 'क्यों' के हाथों परेशान हूं। अरे भलेमानस, क्या इतना काफी नहीं है कि आज की रात के लिए मुझे तुम्हारी वह छतरी चाहिए? लेकिन छतरी लेकर घटनास्थल की ओर रवाना होने से पहले मैं अपने उन साथियों की वापसी का इंतज़ार करना चाहता हूं जो यह मालूम करने ब्रज वेल्ज़ गए हैं कि उस साइकल का मालिक कौन था।"

रात का अंधकार चारों ओर फैल चुका था जब इंस्पेक्टर मेकडॉनल्ड और व्हाइट मेसन अपनी मुहिम से वापस लौटे। इंस्पेक्टर मेकडॉनल्ड आते ही जोशीले स्वर में बोला, "लीजिए जनाब? न केवल साइकल की शनाख्त हो चुकी है, बल्कि मैंने उस आदमी का हुलिया भी मालूम कर लिया है जिसके पास वह साइकल था।"

होम्ज़ ने क्षण-भर के लिए दोनों के विजयी चेहरों की ओर देखा। फिर बोला, "फिर तो हमें यह समझ लेना चाहिए कि परिणाम का

प्रारम्भ हो चुका है और इसके लिए मैं आप लोगों को मुबारिकबाद देता हूं।"

"मगर सुनिए तो–मुझे पूरे हालात तो बयान करने दीजिए।" इंस्पेक्टर मेकडॉनल्ड ने उसी उत्सुकता से कहना शुरू किया, "यह तो आपको मालूम ही है कि वारदात से एक दिन पहले मिस्टर डगलस ब्रज वेल्ज़ गए थे और दारोगा एम्ज़ के कथनानुसार उस दिन बड़े बेचैन नज़र आते थे। इससे मैंने यह नतीजा निकाला कि जिस व्यक्ति की ओर से उनके दिल को खटका लगा था, उसे उन्होंने ब्रज वेल्ज़ में ही देखा होगा और वहीं से वह व्यक्ति साइकल पर सवार होकर उनके पीछे यहां तक आया।

"खैर, हम वह साइकल अपने साथ ले गए थे और हमने उसे कई होटल वालों को दिखाया। आखिर ईगल कमर्शल होटल के मालिक ने उसे पहचान लिया और बताया कि यह साइकल हारग्यू नाम के एक मुसाफिर का है, जो दो दिन पहले उसके होटल में ठहरा था। पूछताछ से पता चला कि उस मुसाफिर के पास सामान नाम से दो ही चीज़ें थीं। एक तो वह साइकल और एक दस्त बैग। होटल के रजिस्टर में उसने लिखवाया था कि वह लंदन से आया है, लेकिन होटल के मालिक का कहना है कि देखने में वह कोई अमेरिकन नज़र आता था..."

"और अब वह मुसाफिर कहां है?" होम्ज़ ने पूछा।

"होटल के मालिक ने बताया कि वह कल शाम से गायब है। अलबत्ता उसका हुलिया," इंस्पेक्टर ने जेब से नोटबुक निकालते हुए कहा, "मैं नोट कर लाया हूं। कद छः फुट से कुछ कम, आयु लगभग पचास वर्ष, बालों में सफेदी की झलक, भूरे रंग की मूंछें, खम खाई

हुई नाक और तेज़ तीखी आंखें– इस सूरत में वह कब तक और कहां बचकर जाएगा!"

होम्ज़ चुपचाप इस हुलिए को सुनता रहा फिर कुछ सोचते हुए बोला, "कितनी अजीब बात है कि इस आदमी का हुलिया बिलकुल मिस्टर डगलस से मिलता है। उसकी आयु भी पचास साल के ऊपर थी और इसी तरह बालों में सफेदी नज़र आने लगी थी। ऐसी ही मूंछें और ऐसा ही कद-काठ...लेकिन क्या आप लोगों ने कोई और बात भी मालूम की है?"

"हां, उसके लिबास के बारे में मालूम हुआ है कि उसने भूरे रंग का सूट पहन रखा था और ऊपर पीले रंग का छोटा ओवरकोट..."

"बंदूक के बारे में क्या मालूम हुआ?"

"आप जानते हैं, नालियां काटने से बंदूक की लंबाई दो फुट के करीब रह गई थी। इस हालत में वह बड़ी आसानी से उसे अपने ओवरकोट की भीतरी जेब में छुपा सकता था।"

एक लम्बी-सी 'हूं' कहकर होम्ज़ ने घड़ी देखी, फिर कोने में पड़ी हुई मेरी छतरी उठाकर इस तरह चुपचाप कमरे से बाहर निकल गया कि हम तीनों अवाक् रह गए। इसके तुरंत बाद दोनों जासूस भी विदा हो गए और मैं खाना आदि खाकर सो गया। रात को होम्ज़ किस समय वापस आया और वह छतरी किस उद्देश्य से ले गया था इसका मुझे कुछ भी पता न चल सका, लेकिन दूसरे दिन जब हम नाश्ते से निबटकर कोतवाली पहुंचे तो हमने देखा, इंस्पेक्टर मेकडॉनल्ड और मिस्टर व्हाइट मेसन पुलिस सार्जेंट के कमरे में बैठे बड़ी तन्मयता से चिट्ठियां और तार छांट रहे हैं। मेरा मित्र उनकी सरगर्मी देखकर मुस्कराया और पास जाकर बोला, "मालूम होता है, आप लोग उसी

रहस्यमय साइकल सवार के पीछे लगे हुए हैं ; कहिए, उसके बारे में कोई नई सूचना मिली?"

मेकडॉनल्ड ने तारों और चिट्ठियों के ढेर की ओर संकेत करते हुए किंचित् खेद से कहा, 'ये चिट्ठियां और तार लेस्टर, नाटिंघम, डर्बी, ईस्ट हेम आदि चौदह निकटवर्ती स्थानों से आए हैं। इनमें से तीन तारों में जो ईस्ट हेम, लेस्टर और लिवरपूल से आए हैं, यहां तक लिखा है कि उस हुलिये का हादमी गिरफ्तार कर लिया गया है। अब यह सोचकर मेरी अक्ल चकरा रही है कि आदमी तो एक था, वह एक साथ तीन जगह कैसे पकड़ा गया? मिस्टर होम्ज़! इससे तो यही मालूम होता है कि दो दिन में अनगिनत पीले ओवरकोट वाले भगोड़े अपराधी पूरे इंग्लैंड में फैल गए हैं।"

मेकडॉनल्ड के साथ-साथ होम्ज़ भी मुस्कराया। फिर अपने स्वर में कुछ सहानुभूति-सी लाते हुए बोला, "अच्छा मिस्टर मेक और मिस्टर व्हाइट मेसन, आपके एक शुभचिंतक के रूप में मैं आप लोगों को एक परामर्श देना चाहता हूं– और वह यह है कि आप पीले ओवरकोट वाले उन तीनों अपराधियों को तुरंत रिहा करवा दीजिए।"

"वह तो हो ही जाएंगे, लेकिन आज आप काफी हल्के मूड में नज़र आते हैं। क्या कोई ऐसी बात हाथ आ गई है जिससे..."

"नहीं, लेकिन पिछली रात को मैंने कुछ समय मेयज़ हाउस में गुजारा था।"

"हमें मालूम है, लेकिन उससे क्या हुआ?"

"केवल यह कि मैंने वह खोया हुआ डम्बल ढूंढ़ निकाला है..."

"पहेलियां मत बुझाइए मिस्टर होम्ज़!" मेकडॉनल्ड ने कुछ ऊबते हुए कहा, "हमें तो आप एक तरह से हत्यारे का सुराग लगाने

से मना कर रहे हैं और स्वयं डम्बल ढूंढ़ते फिर रहे हैं। आखिर इसका कारण..."

"कारण मैं आपको बाद में बताऊंगा। लेकिन अभी आप इतना कीजिए कि जिस तरह मैं आपको लिखवाता हूं, मिस्टर बार्कर के नाम अपनी ओर से एक पत्र लिख दीजिए।"

"हद हो गई साहब..."

"हद तो पत्र जाने के बाद होगी। मिस्टर मेक, उठाइए कलम और लिखिए :

श्रीमान्,

सभी कुछ देखने-सुनने के बाद मैं इस परिणाम पर पहुंचा हूं कि हमें उस खंदक को खुश्क करवाना पड़ेगा..."

"लेकिन खंदक को खुश्क करवाना कोई बच्चों का खेल नहीं है मिस्टर होम्ज़," मेकडॉनल्ड ने लिखते-लिखते उदासीनता से कहा।

"भगवान के लिए जो मैं कहता हूं, आप उसी तरह लिखते जाइए।"

"अच्छी बात है– आगे..."

"...ऐसा करने से शायद हमें कोई ऐसी चीज़ मिल जाए जो हमारी अधूरी खोज को पूरा कर दे। इस सिलसिले में मैंने आवश्यक प्रबंध कर लिया है और मज़दूरों को हुक्म दे दिया है कि कल सुबह वे खंदक के पानी की दिशा बदल दें। यह मैं केवल आपकी सूचना के लिए लिख रहा हूं– बस, इसके नीचे अपने हस्ताक्षर करके शाम के छह बजे किसी के हाथ मिस्टर बार्कर को भिजवा दीजिए। और याद रखिए कि हम लोग शाम को फिर इसी जगह इकट्ठे होंगे।"

6

गहरी शाम उतर आई थी जब हम चार आदमी– मैं, शरलक होम्ज़, मेकडॉनल्ड और व्हाइट मेसन पुनः पुलिस स्टेशन के उसी कमरे में इकट्ठे हुए और यह जाने बिना कि शरलक होम्ज़ क्या करने जा रहा है और वह हम लोगों से क्या सहायता लेना चाहता है, उसके कहने-भर से हम चुपचाप उसके साथ हो लिए और बड़ी सावधानी से चलते हुए मेयज़ हाउस के घने और अंधेरे बाग के एक ऐसे झाड़ के पास जा रुके जो इमारत के मुख्य दरवाज़े और खंदक के ठीक सामने पड़ता था। पुल अभी तक उठाया नहीं गया था। सबसे पहले होम्ज़ उस झाड़ की ओट में छिप गया और फिर इशारे से उसने हम लोगों को भी वहीं दुबक जाने को कहा। यहां भी हमने उसकी

आज्ञा का पालन किया, लेकिन थोड़ी देर बाद इंस्पेक्टर मेकडॉनल्ड किंचित् कटु स्वर में यह पूछे बिना न रह सका, "कहिए, कब तक यहां छिपने का इरादा है?"

होम्ज़ ने उत्तर देने की बजाय होंठों पर उंगली रखकर चुप रहने का संकेत किया। और फिर से चुप्पी छा गई और यह चुप्पी दीर्घ–बहुत ही दीर्घ होती चली गई।

इस पर इंस्पेक्टर मेकडॉनल्ड एक बार फिर झुंझला उठा, "क्यों साहब, यह इंतज़ार कभी खत्म भी होगा या नहीं? इसके अलावा हमें अब तक यह भी तो मालूम नहीं कि हम किस चीज़ का इंतज़ार कर रहे हैं।"

इस पर होम्ज़ भी झुंझला उठा और उसके स्वर में भी कटुता आ गई, "अब इस बात का मैं क्या जवाब दूं जनाब! आप ही सोचिए कि क्या अपराधी लोग रेलवे के टाइम टेबल की तरह हर काम नियत समय पर करते हैं? रही यह बात कि हम किस चीज़ का इंतज़ार कर रहे हैं, तो वह शीघ्र ही आप देख लेंगे..."

शब्द अभी उसके मुंह से निकले ही थे कि उस पीली रोशनी के आगे, जो वारदात के कमरे में फैली हुई थी, एक छाया-सी गुज़रती नज़र आई। मालूम होता था, कोई व्यक्ति लैम्प के सामने से गुज़रा है। हम जिस झाड़ की ओट में छिपे थे, वह वारदात के कमरे की खिड़कियों के भी ठीक सामने था और वहां से उसका फासला अधिक-से-अधिक एक सौ फुट होगा। एकाएक किसी ने खिड़की के पट खोल दिए और हमने देखा कि उस अज्ञात व्यक्ति ने खुली खिड़की से अपना सिर और कंधे बाहर निकाले हैं। क्षण-भर तक वह सावधान नज़रों से इधर-उधर देखता रहा, फिर वह और आगे को झुका और उस गहरी खामोशी में, जो चारों ओर छाई हुई थी, हमें किसी

चीज़ के पानी में गिरने की आवाज़ सुनाई दी। मालूम होता था वह व्यक्ति हाथ में ली हुई किसी चीज़ से खंदक का पानी खंगाल रहा था। इसके बाद उसने इस तरह कोई चीज़ बाहर निकाली जैसे मछेरा पानी से मछली निकालता है। अंधेरे के कारण हम लोग बस इतना ही देख सके कि वह कोई बड़ी-सी गोल-सी चीज़ थी और जिसे वह खंदक से निकालकर खुली खिड़की की राह से कमरे के भीतर ले गया था।

"आओ मित्रो, अब समय आ गया है," होम्ज़ ने कहा और सरपट भागता हुआ खंदक के पुल पर से गुज़र गया। हम तीनों भी उसके पीछे दौड़ पड़े। ड्योढ़ी के दरवाज़े पर पहुंचते ही होम्ज़ ने बड़े ज़ोर से घंटी बजाई और इसके साथ ही हमें अंदर से जंजीर खिंचने की आवाज़ आई। दरवाज़ा आश्चर्यचकित-से दारोगा एम्ज़ ने खोला था जिसे जल्दी से एक ओर ढकेलते हुए होम्ज़ आगे बढ़ गया और फिर दूसरे ही क्षण हम सब उसके पीछे वारदात के कमरे में जा पहुंचे।

कमरे में मेज़ पर वही लैम्प जल रहा था और एकमात्र सेसिल बार्कर ही उस कमरे में मौजूद था।

"क्यों, क्यों, क्या हुआ?" हम सबको बेतहाशा भीतर आते देखकर उसने बौखलाकर पूछा, "आखिर बात क्या है?"

होम्ज़ ने कोई उत्तर देने की बजाय एक घूमती हुई नज़र चारों ओर डाली और फिर उसकी नज़र पानी से शराबोर कपड़ों के उस बंडल पर जा पड़ी जिसके इर्द-गिर्द रस्सी बंधी हुई थी और जो उस समय मेज़ के नीचे पड़ा था।

"मिस्टर बार्कर, हम यह चीज़ देखने आए हैं...कपड़ों का यह

बंडल जिसमें एक डम्बल बंधा हुआ है और जिसे आपने अभी-अभी खंदक में से निकाला था।"

सुनते ही बार्कर एकदम सन्न रह गया। "लेकिन आपको इस डम्बल की बात कैसे मालूम हुई?" आखिर टूटते हुए स्वर में उसने पूछा।

"स्वयं मैंने ही तो इसे पानी में रखा था।"

"क्या कहा, आपने?"

"जी हां, मैंने," होम्ज़ ने कहा, "या यों कहिए कि मैंने इसे एक बार पानी से निकालकर पुनः उसी जगह डाल दिया था...मिस्टर मेकडॉनल्ड, डम्बल को लेकर आप लोग मेरा मज़ाक उड़ाते थे, आखिर मैंने उसे ढूंढ़ ही निकाला। वास्तव में अगर किसी जगह पानी जमा हो और कोई चीज़ खो जाए, तो सौ फीसदी संभावना यही हो सकती है कि वह चीज़ उस पानी में गिरा दी गई होगी और इसीलिए जब दारोगा एम्ज़ की सहायता से कल रात मैं इस कमरे में पहुंचा तो मैंने डॉक्टर वाटसन की छतरी की डंडी से खंदक में से यह बंडल निकाल लिया था और इसे खोलकर अपना इत्मीनान भी कर लिया था। लेकिन ज़रूरत चूंकि यह जानने की थी कि इसे खंदक में किसने डाला था, इसलिए मैंने आपसे मिस्टर बार्कर के नाम वह पत्र लिखवाया था कि हम लोग खंदक का पानी खुश्क करवाना चाहते हैं। मैं जानता था कि यह समाचार मिलने पर डम्बल को खंदक में डालनेवाला व्यक्ति रात के अंधेरे में उसे निकालने की कोशिश करेगा।"

यह कहकर होम्ज़ ने पानी से भीगा हुआ वह बंडल मेज़ के नीचे से निकालकर मेज़ के ऊपर रख दिया और उस पर लिपटी हुई रस्सी खोल डाली। सचमुच कपड़ों में लिपटा हुआ एक डम्बल मौजूद

था जिसे उसने दूसरे डम्बल के पास रख दिया। फिर जब उन कपड़ों की तहें खोली गईं तो उनमें से अमेरिकन तर्ज़ के बूट और एक लम्बे फल का बंद चाकू भी निकला।

कपड़ों में जुराबों तक की पूरी भीतरी पोशाक भी थी और भूरे रंग का ट्वीड का सूट और एक छोटा पीले रंग का ओवरकोट भी। इन सब चीज़ों को मेज़ पर फैलाते हुए मेरे मित्र ने शांत भाव में कहना शुरू किया :

"ओवरकोट के अलावा बाकी सब कपड़े साधारण हैं, लेकिन यह ओवरकोट," उसने ओवरकोट को पूरी तरह लैम्प की रोशनी के सामने करते हुए कहा, "विशेष रूप से ध्यान देने की चीज़ है। यह तो आप देख ही सकते हैं कि कटी हुई नाली की बंदूक इसकी भीतरी जेब में बड़ी आसानी से समा सकती है। लेकिन जो चीज़ मैं आपको विशेष रूप से दिखाना चाहता हूं। वह है, दर्ज़ी के टेग पर कढ़ा हुआ यह नाम– 'नेल आउट फिटर, वर्मेसा, यू.एस.ए.'। मैंने आज ही गिरजाघर की लाइब्रेरी में जाकर कुछ पुस्तकों के अध्ययन से यह बात मालूम की है कि वर्मेसा अमेरिका की एक कोयले और लोहे की बहुत बड़ी खान के सिरे पर आबाद एक कस्बे का नाम है। मिस्टर बार्कर ने भी हमें बताया था कि मिस्टर डगलस की पहली पत्नी का सम्बंध ऐसे ही किसी खानों वाले इलाके से था। इन हालात में बड़ी आसानी से यह परिणाम निकाला जा सकता है कि जो कार्ड हमें लाश के पहलू में पड़ा हुआ मिला था उस पर लिखे 'वी.वी.' अक्षरों का मतलब वर्मेसा वादी ही हो सकता है और शायद उसी का नाम भयंकर वादी भी है– और वहीं से वह हत्यारा चला था। बहरहाल ये बातें जो मैंने बयान की हैं, बिलकुल स्पष्ट और दो टूक हैं और इसीलिए मैं चाहता हूं कि मिस्टर बार्कर मेरे इस बयान में अपनी जानकारी

के अनुसार जो वृद्धि कर सकते हैं, निःसंकोच करें..."

अब तक सेसिल बार्कर की मुखमुद्रा में असाधारण परिवर्तन आ चुका था। क्रोध, आश्चर्य, परेशानी और अनिश्चित स्थिति के लक्षण– यह सभी कुछ एक साथ उभर आए थे। होम्ज़ के प्रश्न से कुछ खिसियाते हुए उसने कहा :

"जब आपको सारे हालात मालूम हैं, तो फिर मेरे बयान की क्या ज़रूरत है?"

"बेशक मिस्टर बार्कर, अगर मैं चाहूं तो कुछ और बातें भी बयान कर सकता हूं, लेकिन मेरे ख़याल में उन्हें आपके मुंह से सुनना ही अधिक उचित होगा।"

"उचित-अनुचित मैं कुछ नहीं जानता," बार्कर का स्वर एकाएक कड़ा हो गया, "और अगर जानता हूं तो मुझे उसके बताने से इनकार है।"

अब इंस्पेक्टर मेकडॉनल्ड आगे बढ़ते हुए बोला, "देखिए मिस्टर बार्कर, आपका यह रवैया सरासर गलत है। और अगर आप अपनी खुशी से बयान देना पसंद नहीं करेंगे, तो हमें विवश होकर आपको गिरफ्तार करना पड़ेगा।"

"इन धमकियों की मुझे बिलकुल परवाह नहीं, आप जो चाहें कर सकते हैं।"

ऐसा मालूम होता था, यह गुफ्तगू यहीं समाप्त हो जाएगी, क्योंकि मिस्टर बार्कर के चेहरे का तनाव और भी कड़ा हो गया था और वह क्रोध की सीमाएं लांघता नज़र आता था–लेकिन ठीक उसी समय मिसेज डगलस ने, जो शायद दरवाज़े से लगी हम लोगों की बातें सुन

रही थी, अचानक कमरे में प्रवेश किया और सीधे सेसिल बार्कर की ओर बढ़ते हुए बोली, "सेसिल, जहां तक सम्भव था तुमने हमारी सहायता की– आगे भगवान पर छोड़ दो। तुमने अपनी ओर से कोई कसर नहीं उठा रखी..."

"बल्कि मेरे ख़याल में तो मिस्टर बार्कर ने जो कुछ किया है वह काफी से ज़्यादा है।" ये शब्द शरलक होम्ज़ के थे। बड़ी गम्भीरता से उसने आगे कहा, "और आपसे भी मेरी पूरी-पूरी सहानुभूति है और मैं आपको विश्वास दिलाता हूं कि पुलिस इस मामले में कार्रवाई करते हुए इसके सभी पहलुओं को सामने रखेगी। निःसंदेह वह मेरी भूल थी कि मैं आपके उस संकेत न समझ सका जो आपने मेरे मित्र डॉक्टर वाटसन द्वारा मुझे भेजना चाहा था, लेकिन उस समय तक स्वयं मेरा ख़याल था कि किसी-न-किसी रूप में आपका भी इस हत्याकांड से सम्बंध है, मगर अब मुझे आपकी बेगुनाही पर विश्वास हो चुका है। फिर भी अभी बहुत-सी बातें ऐसी हैं जिनके बारे में हमें सही जानकारी प्राप्त करनी है और इसीलिए मेरी आपसे प्रार्थना है कि आप मिस्टर डगलस से कह दें कि वे यहां आकर पूरी बात स्वयं अपनी ज़बान से बयान करें।"

मिस्टर डगलस!

होम्ज़ के मुंह से मिस्टर बार्कर के बजाय मिस्टर डगलस का नाम सुनकर जो हालत हमारी हुई, उसका वर्णन नहीं किया जा सकता। स्वयं मिसेज़ डगलस के मुंह से आश्चर्य की चीख-सी निकल गई, क्योंकि ठीक उसी समय एक व्यक्ति न जाने कहां से निकलकर इस प्रकार हमारे सामने आ खड़ा हुआ मानो शून्य में से उपजा हो।

मिसेज़ डगलस आगे बढ़कर उस नवागंतुक से लिपट गई। उधर

बुदबुदा रही थी, “प्रिय जैक! जो कुछ हुआ अच्छा ही हुआ, मेरे ख़याल में इसी में बेहतरी थी।”

“मैं स्वयं इसका समर्थन करता हूं,” शरलक होम्ज़ ने कहा, “मिसेज़ डगलस, आप अवश्य ही परिस्थितियों के इस नए मोड़ को अपने लिए हितकर पाएंगी।”

वह नवागंतुक, जो पलक झपकने की देर में न जाने कहां से निकल आया था, अब तक खड़ा यों आंखें झपका रहा था जैसे किसी घुप अंधेरे से निकलकर एकदम चकाचौंध रोशनी में आ गया हो। उसके चेहरे में कई विशेषताएं थीं। भूरे रंग की दिलेर आंखें, तराशी हुई बारीक मूंछें, मज़बूत ठोढ़ी और होंठों पर हल्की मुस्कराहट। अब उसने हम सब पर घूमती हुई नज़र डाली और फिर एकाएक मेरी ओर मुड़कर उसने काग़ज़ों का एक पुलिंदा मेरे हाथ में थमाते हुए कहा, “मेरे विचार में शायद डॉक्टर वाटसन आप ही का नाम है और आप ही इस प्रकार की घटनाओं का हाल कलमबंद किया करते हैं– लेकिन साहब, मैं आपको बता देना चाहता हूं कि इस प्रकार की विचित्र और रहस्यमयी कहानी, जैसीकि मैंने आपको दी है, आज तक आपके पढ़ने-सुनने में न आई होगी। पूरे दो दिन तक मैं गुप्त स्थान में छुपा रहा हूं और जो थोड़ी-बहुत रोशनी वहां पहुंचती थी, उसी में मैंने ये संक्षिप्त हालात कमलबंद किए हैं। इसमें उसी भयंकर वादी का वृत्तांत है। आप इसे पढ़ें और फिर जिस प्रकार चाहें जनता के सम्मुख प्रस्तुत कर दें।”

“लेकिन मिस्टर डगलस,” शरलक होम्ज़ ने उसकी ओर मुड़ते हुए कहा, “ये तो हुईं बीते दिनों की बातें, हम आपके मुंह से इस हालिया वारदात के बारे में सुनना चाहते हैं।”

"वह भी मैं आपको अभी बताता हूं," मिस्टर डगलस ने, क्योंकि नवागंतुक वास्तव में वही था, उत्तर दिया।

इंस्पेक्टर मेकडॉनल्ड, जो अब तक आश्चर्य की मूर्ति बना नवागंतुक की ओर एकटक देखे जा रहा था, सहसा कह उठा, "साहबो! मेरी तो अक्ल हैरान है कि आखिर यह मामला क्या है? अगर मेयज़ हाउस के निवासी मिस्टर जॉन डगलस आप ही हैं, तो फिर पिछले दो दिन में हम किसे आपकी हत्या के अपराध में ढूंढ़ते रहे थे?"

"वह तो मैंने आपको सुबह ही कह दिया था, "उत्तर होम्ज़ ने दिया, "कि आप उन तीनों पीले ओवरकोट वाले अपराधियों को रिहा करवा दें, जिन्हें आपकी पुलिस विभिन्न नगरों में गिरफ्तार कर चुकी है।"

इस पर मेकडॉनल्ड ने क्रोधभरी नज़रों से मेरे मित्र की ओर देखकर कहा, "लेकिन मैं पूछता हूं, यदि आपको ये सब बातें पहले से मालूम थीं तों फिर आपने हमें क्यों अंधेरे में रखा? सिर्फ इसलिए कि हम व्यर्थ की दौड़-धूप में अपना समय नष्ट करते फिरें..."

"नहीं मिस्टर मेक, यह बात नहीं। बात यह है कि मैं इस वारदात के बारे में कल रात से पहले अपनी अंतिम राय कायम नहीं कर पाया था। कल रात जब मुझे डम्बल के साथ बंधे हुए कपड़ों का बंडल खंदक के पानी में रखा हुआ मिला तभी यह बात स्पष्ट हुई कि वह लाश, जिसके आधार पर हम खोज-बीन कर रहे थे, मिस्टर जॉन डगलस की नहीं बल्कि उस मफरूर साइकल सवार की है जो ब्रज वेल्ज़ में आकर ठहरा था। इसके बाद यह जानना बाकी था कि स्वयं मिस्टर डगलस किस स्थान पर छुपे हुए हैं? मेरा ख़याल

था कि अपने मित्र और पत्नी की सहायता से वे अवश्य ही इस सदियों पुराने मकान के किसी तहखाने में छुपे होंगे और इन लोगों ने फैसला कर रखा होगा कि जब पुलिस अपनी तहकीकात पूरी करके यहां से चल देगी तो मिस्टर डगलस को यहां से निकालकर किसी सुरक्षित स्थान पर पहुंचा दिया जाएगा।"

"आपका ख़याल बिलकुल सही है जनाब," मिस्टर डगलस ने स्वीकार किया, "मेरा अंतिम निश्चय यही था कि मैं आपके अंग्रेजी कानून की गिरफ्त से बचकर निकल जाऊं, क्योंकि मैं नहीं जानता था कि ऐसी वारदात के बाद मुझसे क्या व्यवहार किया जाएगा। जो हो, अब मैं आपको बताता हूं कि इस दुनिया में कुछ ऐसे लोग मौजूद हैं जिन्हें मुझसे खुदा वास्ते का वैर है और जो हर कीमत पर मेरी हत्या कर देना चाहते हैं। जब तक वे ज़िंदा हैं या मैं ज़िंदा हूं, मेरे बचाव की कोई सूरत नहीं। उन्हीं से पीछा छुड़ाने के लिए मैं शिकागो से चलकर कैलीफोर्निया पहुंचा और फिर उन्हीं के कारण मुझे अमेरिका छोड़कर यहां आना पड़ा। मेरा ख़याल था कि इस दूर देश में आने और शादी करके एक अलग-थलग स्थान में चुपचाप जीवन व्यतीत करने में मैं सफल हो जाऊंगा, लेकिन तीन दिन पहले जब मैं ब्रज वेल्ज़ गया तो वहां बाज़ार में मुझे अचानक उस आदमी की सूरत नज़र आ गई जो इस धरती पर मेरा सबसे बड़ा शत्रु था, और केवल मेरी तलाश में यहां तक आ पहुंचा था। बहरहाल, मैंने वापस आते ही अपनी सुरक्षा की तैयारियां शुरू कर दीं। उससे अगला दिन मैंने घर में ही रहकर गुज़ारा, यहां तक कि बाग में सैर तक करने नहीं गया। मैं जानता था कि वह अवश्य ही मेरी ताक में होगा और मौका मिलते ही किसी भी हथियार से मुझे कत्ल कर देगा। लेकिन यह बात मैं किसी प्रकार न सोच सका कि वह कमबख्त इस मकान के भीतर भी पहुंच सकता है। यह तो आप लोगों को मालूम हो ही

चुका होगा कि मैं हर रात सोने से पहले मकान के प्रत्येक भाग को स्वयं जाकर देखा करता हूं। अपनी उसी आदत के अनुसार उस रात भी जब मैं ड्रेसिंग गाउन पहने इस कमरे में आया, तो एकाएक न जाने क्यों मेरा माथा ठनका और जब मैंने भेदती नज़रों से कमरे की हर चीज़ का जायज़ा लेना शुरू किया तो उस खिड़की पर टंगे हुए पर्दे के नीचे मुझे किसी के बूट दिखाई दे गए।

"जलती हुई मोमबत्ती मेरे हाथ में थी, जिसे मैंने बड़ी सतर्कता से मेज़ पर रख दिया और वह हथौड़ा उठा लिया जिसे मैंने दिन के समय आतिशदान पर रखा था। यही वह समय था जब शत्रु मुझ पर भूखे भेड़िये की तरह झपटा। मुझे उसके हाथ में चाकू की चमक नज़र आई जिसके जवाब में मैंने उस पर हथौड़े से वार किया। चाकू उसके हाथ से छूटकर फर्श पर जा गिरा लेकिन वह फिसलती मछली की तरह झट मेज़ की दूसरी ओर जा पहुंचा और उसने अपने ओवरकोट की भीतरी जेब से बंदूक निकाल ली। ऐसे मौके पर मुझसे और तो कुछ न हो सका, झपटकर मैंने बंदूक की नाली पकड़ ली और फिर हम दोनों में बंदूक पर कब्जा पाने के लिए खींचा- तानी होने लगी। साफ नज़र आता था कि बंदूक पर से जिसकी भी पकड़ ढीली पड़ेगी, उसकी मौत यकीनी है। पकड़ तो उसकी भी ढीली न हुई लेकिन उस खींचा-तानी में बंदूक का रुख धीरे-धीरे पलट गया। अर्थात् कुंदा मेरे हाथ में आ गया और नाली उसकी ओर हो गई। इसे संयोग कह लीजिए या मैंने जाने-बूझे ऐसा किया, जो हो, मेरी उंगली बंदूक के घोड़े पर जा पड़ी और फिर दूसरे ही क्षण जो छर्रा-बारूद उस बंदूक में भरा हुआ था उसके चेहरे को छलनी करता हुआ निकल गया और पेड़ के कटे हुए तने की तरह वह निर्जीव होकर फर्श पर गिर पड़ा।

"श्रीमान्, मैंने अपने जीवन में बहुत-सी वारदातें देखी हैं, लेकिन सच कहता हूं कि टेड बाल्डोन का चेहरा– जी हां, यही उसका नाम था– बंदूक लगने से इतना भयानक हो गया था कि मुझसे देखे न बनता था। और अभी मैं वहीं मेज़ के पहलू में खड़ा उस भयानक चेहरे और उस निर्जीव लाश की ओर देखते हुए सोच रहा था कि अब क्या करना चाहिए कि मेरा मित्र बार्कर दौड़ता हुआ कमरे में आ पहुंचा। फिर स्लीपरों की आवाज़ से मैंने यह भी जान लिया कि मेरी पत्नी भी इसी ओर चली आ रही है। मैं नहीं चाहता था कि वह इस भयानक दृश्य को देखे, अतएव मैंने दरवाज़े पर जाकर उसे रास्ते में ही रोक दिया और फिर यह कहकर उसे वापस भेज दिया कि मैं स्वयं ही थोड़ी देर बाद तुम्हारे पास आता हूं। बार्कर से मैंने एक- दो बातें कीं, उसके बाद हम नौकरों के आने का इंतजार करने लगे। लेकिन कोई नहीं आया और हम इस परिणाम पर पहुंच गए कि उनमें से किसी ने भी बंदूक चलने की आवाज़ नहीं सुनी। अर्थात् हम तीन के सिवा किसी को भी उस घटना की खबर न हुई थी।

"तत्काल मेरे दिमाग में एक ख़याल उभरा और मैं उसकी विचित्र सम्भावनाओं के बारे में सोचकर आश्चर्यचकित रह गया। हुआ यह कि मृत की आस्तीन ऊपर उठ जाने से उसका बाज़ू नंगा हो गया था और मैंने देखा, वैसा ही एक दाग उसके बाज़ू पर भी है जैसाकि मेरे बाजू पर था–यह देखिए।" और मिस्टर डगलस ने अपनी आस्तीन ऊंची करके वैसा ही एक दाग हमें अपने बाजू पर दिखाते हुए फिर कहना शुरू किया, "बस यही वह चीज़ थी जिसने मेरे दिमाग में नए-नए विचार पैदा किए। मैंने देखा कि उस व्यक्ति का कद भी लगभग मेरे बराबर है। बाल भी वैसे ही हैं और चेहरा तो शनाख्त के काबिल ही नहीं रहा था। मैंने तुरंत अपनी सोची हुई योजना पर अमल शुरू कर दिया। उसी समय जाकर मैं अपने लिए सूट उठा

लाया और फिर पंद्रह मिनट के अंदर-अंदर बार्कर की सहायता से उसके कपड़े उतारकर उसे अपने कपड़े पहना दिए और उसके कपड़ों को लपेटकर एक बंडल-सा बना लिया और जब कोई और वज़नदार चीज़ नज़र न आई तो मैंने अपना व्यायाम करने का एक डम्बल उस बंडल में बांध दिया ताकि बोझ के कारण वह बंडल पानी में डूबा रहे और फिर हमने बड़ी सावधानी से उसे खंदक के पानी में उतार दिया। वह कार्ड जो आपको लाश के करीब पड़ा हुआ मिला था, असल में उसे वह मेरी लाश के पहलू में रखकर जाना चाहता था, लेकिन मैंने उसी के पहलू में रख दिया। रही-सही कसर पूरी करने के लिए मैंने अपने हाथों की अंगूठियां भी उसकी उंगलियों में डाल दीं, लेकिन एक शादी की अंगूठी न डाली जा सकी।" यह कहते हुए उसने अपना हाथ आगे बढ़ाकर दिखाया, "असल में यह अंगूठी मेरी उंगली में इस बुरी तरह से फंसी हुई है कि किसी तरह नहीं उतरती और इसीलिए मैंने इस छोटी-सी तफसील को नज़रअंदाज़ कर दिया। हां, जिस जगह मेरे चेहरे पर उस्तरे का घाव आया था और मैंने उस पर मरहम लगा रखी थी, वैसी ही मरहम मैंने उसके चेहरे पर भी लगा दी। और मिस्टर होम्ज़, अपने वर्षों के अनुभव के बावजूद आप भी इस मामले में चूक गए। यदि आप कपड़े का वह फाहा, जो मैंने मरहम लगाकर उसके चेहरे पर चिपकाया था, उतारकर देखते तो आपको तुरंत मालूम हो जाता कि उसके नीचे खरोंच तक मौजूद नहीं थी।

"तात्पर्य यह कि इस प्रकार मैंने अपने शत्रु को अपना हमशक्ल बनाने की कोशिश की। सोचा यह था कि जब तक पुलिस तफ्तीश करेगी, मैं छुपा रहूंगा, उसके बाद गुप्त रूप से यहां से निकलकर किसी दूर-दराज़ इलाके में चला जाऊंगा और फिर कुछ समय बाद मेरी पत्नी भी वहां पहुंच जाएगी। इतना तो खैर मैं अच्छी तरह जानता

हूं कि वह चांडाल-चौकड़ी, जिसका एक सदस्य यह आदमी था, जीते-जी मुझे कभी चैन न लेने देगी, फिर भी मेरा ख़याल था कि जब समाचारपत्रों में इस घटना का विवरण छपेगा और वे लोग सुनेंगे कि बाल्डोन ने मेरी हत्या कर दी है, तो शायद कुछ समय के लिए मैं सुरक्षित हो जाऊं। मैंने अपने मित्र और अपनी पत्नी को भी सारी बात समझा दी और आप देख ही चुके हैं कि इन लोगों ने मुझे बचाने में कोई कसर नहीं उठा रखी। मेरे ही सुझाए हुए तरीके के अनुसार मिस्टर बार्कर ने कमरे की खिड़की खोल दी और फिर उसके छज्जे पर खून से लतपत अपने स्लीपरों के निशान लगा दिए। इसमें संदेह नहीं कि अपराधी के खंदक में से गुज़रने की बात कुछ जी लगती नहीं थी, लेकिन पुल चूंकि उठा हुआ था इसलिए यही ढंग अपनाना पड़ा। यह सब कुछ कर चुकने के बाद बार्कर ने बड़े ज़ोर से घंटी बजाई ताकि सब नौकर-चाकर जमा हो जाएं। उसके बाद जो कुछ हुआ वह मुझसे ज़्यादा आप लोग जानते हैं।

"और अब ये सारे हालात बयान करने के बाद मैं इस मामले को आप लोगों के फैसले पर छोड़ता हूं। मुझे इस बारे में इतना ही पूछना है कि आपके अंग्रेज़ी कानून में इसे अपराध माना जाएगा या आत्मरक्षा?"

मिस्टर डगलस की इस लम्बी तकरीर के बाद कमरे में गहरी खामोशी छा गई थी जिसे भंग करती हुई होम्ज़ की आवाज़ यह कहते सुनाई दी, "इंग्लैंड का कानून न्याय पर आधारित है मिस्टर डगलस, और वह आपसे भी पूरा-पूरा न्याय करेगा; लेकिन मेरी व्यक्तिगत राय यह है कि आप अब भी अनगिनत खतरों में घिरे हुए हैं। इंग्लैंड का कानून तो आपकी सहायता करेगा ही, लेकिन स्वयं आपको अपनी सुरक्षा के लिए और भी सावधान रहना पड़ेगा।"

बस, यहीं पर मेरे उपन्यास का पहला भाग समाप्त होता है। शेष आधे भाग के लिए पाठकों से मेरा अनुरोध है कि वे इस बर्लस्टोन कस्बे में बसे हुए मेयज़ हाउस के हज़ारों मील दूर उस भयंकर वादी में चलें जिसकी चर्चा मिस्टर और मिसेज़ डगलस ने की थी और मिस्टर डगलस ने कुछ पृष्ठ लिखकर भी दिए थे, क्योंकि शेष कहानी वहीं की पृष्ठभूमि में सजीव रूप से देखी जा सकेगी और इसके लिए पाठकों को लगभग बीस वर्ष पहले के ज़माने की ओर लौटना पड़ेगा।

दूसरा भाग

1

4 फरवरी, 1875 की एक अत्यंत अंधेरी और बर्फानी रात में सैकड़ों मील के सफर के बाद जब गाड़ी अमेरिका के उस दूरस्थित इलाके वर्मेसा के स्टेशन पर पहुंची, जो अपनी लोहे और कोयले की खानों और उससे भी अधिक दिनदहाड़े निर्मम हत्याओं के कारण पूरे अमेरिका में चर्चा का विषय बना हुआ था, तो दूसरे मज़दूर-पेशा लोगों के साथ सुडौल बदन और मज़बूत जबड़े का एक ऐसा व्यक्ति भी गाड़ी से उतरा जिसे उस इलाके में पहले किसी ने नहीं देखा था।

अजनबी की पतलून की पिछली जेब में एक भरा हुआ पिस्तौल

था और उसकी तेज़ चौकन्नी आंखों की हर हरकत से इस बात की पुष्टि होती थी कि अन्य भगोड़े अपराधियों की तरह वह भी इस इलाके में पनाह लेने आया था।

स्टेशन की भीड़ में खो जाने के कोई आध घंटे बाद जब उसने शेरिडन स्ट्रीट में जेकब शेफर्ड के मकान का दरवाज़ा खटखटाया, तो वह अच्छी तरह रट चुका था कि उसका नाम मेक मर्डो है और वह आयरलैंड का रहनेवाला है, लेकिन इस समय शिकागो से आ रहा है।

दरवाज़ा खुला तो मेक मर्डो जैसे एकदम मंत्रमुग्ध-सा खड़ा रह गया, क्योंकि दरवाज़ा जेकब शेफर्ड नाम के उस बुजुर्ग व्यक्ति ने नहीं खोला था जिसका हवाला उसे दिया गया था, बल्कि दरवाज़े में एक अत्यंत सुंदर युवती खड़ी थी। खिलता हुआ रंग, सुनहरे केश और लंबी काली आंखें। इस पर एक अजनबी को देखकर जो हैरानी-सी उसके मुखड़े पर उभर आई थी, उसने उसकी सुंदरता में मानो चार चांद लगा दिए थे। मेक मर्डो न जाने कब तक उसी तरह अवाक् खड़ा एकटक उसकी ओर देखता रहता कि उस सुंदर युवती ने ही यह कहते हुए मौन भंग किया, "मैं समझी थी, बाबा आए हैं..." और तभी एक भारी-भरकम देह का बूढ़ा आदमी जो यकीनी तौर पर उस नवयुवती का पिता शेफर्ड था, घूरती हुई नज़रों से मेक मर्डो की ओर देखता उनके समीप आ खड़ा हुआ। मेक मर्डो ने बड़ी शालीनता दर्शाते हुए उसे अपने आगमन का उद्देश्य बताया कि वह इस इलाके में मज़दूरी करने के इरादे से आया है। "और शिकागो में मर्फी नाम के व्यक्ति ने आपकी प्रशंसा और सिफारिश की थी कि आपके बोर्डिंग हाउस में मेरे रहने-सहने का उचित प्रबंध हो जाएगा।" बूढ़ा शेफर्ड थोड़ी- सी बातचीत के बाद ही उसे अपने यहां जगह देने पर राज़ी हो गया। बारह डालर प्रति सप्ताह की अदायगी ठहरी और उसके रहने और

खाने का समुचित प्रबंध कर दिया गया।

इस ओर से निश्चिंत होते ही मेक मर्डो ने बड़ी तेज़ी से पर-पुर्ज़े निकालने शुरू कर दिए। मालूम होता था, कानून का रहा-सहा भंय भी उसके दिल से निकल गया था और वह फिर से मनमानी करने के लिए स्वतंत्र था। अपनी स्वतंत्रता का सबसे पहला प्रदर्शन जो उसने किया, वह यह था कि उसने दूसरे दिन से ही मकान-मालिक की उस सुंदर लड़की से स्पष्ट शब्दों में कहना शुरू कर दिया था कि मुझे तुमसे प्रेम है। इस बात पर ध्यान देने की उसने ज़रूरत ही नहीं समझी कि वह लड़की भी उसे चाहती है या नहीं। बल्कि एक अवसर पर जब लड़की ने उसे टोकते हुए बताया कि उसके चाहनेवाला एक अन्य व्यक्ति पहले से मौजूद है और उन दोनों में एक प्रकार का मौन मुआहदा भी हो चुका है, तो एकदम जैसे वह तड़पकर बोल उठा, "ओह, अगर कोई दूसरा आदमी मेरे रास्ते में आना चाहता है तो यह उसका दुर्भाग्य है!" और इसके साथ ही उसने प्रेमियों के आज़मूदा नुस्खों से काम लेना शुरू कर दिया अर्थात् बात-बात पर वह उस लड़की की प्रशंसा और खुशामद करने लगा। और चूंकि खुशामद शत्रु को मित्र बना देती है, इसलिए धीरे-धीरे लड़की पर भी उसके सजीले और साहसी व्यक्तित्व का प्रभाव पड़ता गया।

मेक मर्डो चूंकि काफी शिक्षित नवयुवक था, इसलिए शीघ्र ही उसे एक कारखाने में एकाउंटेंट की अस्थायी नौकरी मिल गई। अब दिन-भर तो उसे अपने काम के सिलसिले में बाहर रहना पड़ता और संध्या के बाद सोने के समय तक उस पर अपनी प्रेमिका से बातचीत करने की धुन सवार रहती और इसीलिए वह उस लॉज में भी न जा सका जिसकी शिकागो शाखा का एक पुराना सदस्य था और जिसके सरदार मेक जंटी को उसे यहां आते ही अपने आगमन की खबर

करनी चाहिए थी। लेकिन एक रात परिस्थितियों ने कुछ ऐसा रूप धारण किया कि उसे तुरंत मेक जंटी से भेंट करने पर विवश होना पड़ा। हुआ यह कि उस रात उसके मेज़बान बूढ़े शेफर्ड ने उसके कमरे में प्रवेश कर सीधा प्रश्न कर डाला, "सुना है, तुमने मेरी बेटी एटी से काफी मेलजोल बढ़ा लिया है। क्या यह सही है?"

"जी हां, सही है।" मेक ने उत्तर दिया।

"तो सुनो, मैं तुम्हें समय से पूर्व ही खबरदार कर देना चाहता हूं कि अपनी इन हरकतों से तुम नुकसान उठाओगे।"

"लेकिन मैं तो उससे शादी करना चाहता हूं।"

"क्या एटी ने तुम्हें यह नहीं बताया कि एक आदमी पहले से उसका तलबगार है?"

"हां, बताया तो था।"

"यह भी बताया था कि वह कौन है?"

"यह पूछने की मैंने ज़रूरत नहीं समझी।"

"तुमने ज़रूरत नहीं समझी और एटी ने इसलिए नहीं बताया होगा कि कहीं तुम डर न जाओ।"

"डर न जाऊं– मैं?" क्रोध से मेक मर्डो की मुट्ठियां भिंच गईं।

"इसमें बुरा मानने की बात नहीं है मिस्टर। जिस आदमी का मुकाबला टेड बाल्डोन से हो, उसके लिए भयभीत होना कोई लज्जा की बात नहीं है।"

"लेकिन वह है कौन?"

"सकोर्र दल का आदमी।"

"सकोर्र.." मेक मर्डो ने ज़रा झेंपते हुए लेकिन तुरंत ही अपने-आप पर काबू पाते हुए कहा, "आखिर यह सकोर्र हैं कौन लोग?"

बोर्डिंग हाउस के मालिक ने सावधान नज़रों से इधर-उधर देखा, फिर सहमी और दबी हुई आवाज़ में बोला, "यह आज़ाद आदमियों के एक पुराने दल का नाम है।"

"तो इससे क्या फर्क पड़ता है?" मेक मर्डो अब पूरी तरह सतर्क हो चुका था, "मैं स्वयं भी तो आज़ाद आदमियों के एक दल से सम्बंधित हूं।"

"क्या तुम भी...?" बूढ़ा चीख-सा उठा, "उफ मेरे भगवान! अगर मुझे पहले मालूम होता तो मैं कभी तुम्हें अपने घर में कदम न रखने देता।"

"लेकिन किसी दल का सदस्य होने में क्या बुराई है? आज़ाद आदमियों के दल तो शोषणकर्ताओं से अपनी रक्षा के लिए बनाए जाते हैं।"

"कहीं और ऐसा होता होगा, लेकिन यहां नहीं।"

"यहां क्या होता है?"

"सिर्फ हत्याएं– निर्मम हत्याएं।"

मेक मर्डो ने अविश्वास की हंसी हंसते हुए कहा, "आपके पास इसका कोई प्रमाण भी है या केवल सुनी-सुनाई बातों पर आप ऐसा कह रहे हैं?"

"प्रमाण..." बूढ़े ने अपनी आवाज़ को और भी धीमा कर लिया, "इससे बड़ा प्रमाण और क्या होगा कि अब तक सैकड़ों बेगुनाह इस दल के आदमियों ने मौत के घाट उतार डाले हैं और यहां का बच्चा-

बच्चा इस हकीकत से वाकिफ है। खैर, इस बारे में मैं किसी भी बहस में नहीं पड़ना चाहता, तुम कल ही अपने लिए किसी दूसरी जगह प्रबंध कर लो। मैं पहले ही बहुत परेशान हूं कि उस दल का एक आदमी हाथ धोकर मेरी बेटी के पीछे पड़ा हुआ है और मेरी समझ में नहीं आता कि उस बला को किस तरह टालूं– ऊपर से तुम आ धमके हो। लानत है ऐसे आज़ाद आदमियों पर।" और यह कहकर बूढ़ा कमरे से बाहर निकल गया।

बूढ़े के इस फैसले से मेक मर्डो काफी परेशान हुआ। एक आरामदेह कमरे के साथ-साथ उसे उस नवयुवती से भी किनारा करना पड़ेगा जिसे वह दिलो-जान से चाहने लगा था। इसी उधेड़बुन में बह एटी को ढूंढ़ता हुआ बैठक में जा पहुंचा, जहां संयोग से वह अकेली मिल गई।

बूढ़े शेफर्ड से हुई बातचीत बताने के बाद मेक मर्डो ने बड़े दुखित स्वर में कहा, "मकान की तो खैर मुझे अधिक चिंता नहीं, कहीं-न-कहीं मिल ही जाएगा; लेकिन तुम–मैं सच कहता हूं प्रिये, मैं तुम्हारे बिना ज़िंदा न रह सकूंगा।"

ऐसा हृदय को छू लेनेवाला वाक्य सुनकर एटी सिहर उठी। बढ़कर मेक मर्डो का हाथ अपने हाथ में लेते हुए बोली, "तुम नहीं जानते प्रिय, यह बाल्डोन और उनका वह सरदार मेक जंटी और सकोर्र दल के दूसरे आदमी किस मिट्टी के बने हुए हैं।"

"बेशक मैं उन्हें नहीं जानता," मेक मर्डो ने उत्तर दिया, "लेकिन न तो उन लोगों से डरता हूं और न ही ऐसा समझता हूं कि वे हमारा कुछ बिगाड़ सकते हैं–फिर भी एक बात मेरी समझ में नहीं आती कि अगर वे, जैसाकि तुम्हारे बाबा ने मुझे बताया था, इतना खून-खराबा मचाए हुए हैं, तो फिर ये लोग अब तक पुलिस के हाथों

से किस तरह बचे हुए हैं?"

"ओह, इसका कारण मैं तुम्हें बताती हूं!" एटी ने मेक मर्डो को कुर्सी पर बिठाते हुए और स्वयं भी पास बैठते हुए कहा, "वास्तव में कोई व्यक्ति अदालत में इन लोगों के खिलाफ गवाही नहीं दे सकता। शुरू-शुरू में एक-आध ने ऐसा साहस किया था, लेकिन एक हफ्ते के अंदर-अंदर मौत के घाट उतार दिया गया। प्रिय मेक! अब मैं तुमसे कोई भी बात छिपाना नहीं चाहती। वास्तव में उन लोगों की इन्हीं हरकतों के कारण मुझे बाल्डोन से सख्त नफरत है, लेकिन इसके साथ ही मैं उससे डरती भी बहुत हूं—मैं अपने लिए उतना नहीं डरती जितना अपने बाबा के लिए, क्योंकि मैं जानती हूं कि मैंने इनकार का एक शब्द भी मुंह से निकाला तो वह हमारा सर्वनाश कर देगा और इसीलिए मैं तुमसे कहती हूं कि..."

लेकिन इससे पहले कि वह कुछ और कहती, बैठक का दरवाजा बड़े धड़ाके से खुला और पले हुए बदन का एक हट्टा-कट्टा व्यक्ति अकड़ती चाल से कमरे में दाखिल हुआ। उधर वह कमरे में दाखिल हुआ, इधर एटी मानो तड़पकर अपने स्थान से उठी और उसकी ओर बढ़ते हुए बड़ी बौखलाहट से बोली, "मुझे आपके आने से बड़ी प्रसन्नता हुई है मिस्टर बाल्डोन; लेकिन क्या आप आज समय से कुछ पहले नहीं आ गए—फिर भी आइए... आइए... बैठिए..."

लेकिन बाल्डोन वहीं दरवाजे के पास खड़ा घूरती नज़रों से मेक मर्डो की ओर देखता रहा।

"यह कौन आदमी है?" आखिर उसने कड़कती आवाज़ में पूछा।

"मिस्टर बाल्डोन, यह हैं मिस्टर मेक मर्डो हमारे नए किराएदार।

आइए, मैं आपसे इनका परिचय करा दूं।"

बाल्डोन ने परिचय का शिष्टाचार निभाने की आवश्यकता नहीं समझी। आगे बढ़कर मेक मर्डो से बोला, "मेरे ख़याल में उचित होगा अगर तुम इसी समय चुप-चुप कहीं घूमने चले जाओ।"

"लेकिन मुझे इस वक्त घूमने की बिलकुल इच्छा नहीं।"

"सचमुच!" बाल्डोन ने व्यंग्यपूर्वक लेकिन उसी कड़े स्वर में कहा, "तो क्या तुम्हारी इच्छा यहीं दो-दो हाथ करने की है?"

"कोई आपत्ति नहीं, मैं इसके लिए भी तैयार हो सकता हूं।" मेक मर्डो ने कुर्सी पर से उठते हुए कहा, "बल्कि यह बात तो तुमने मेरे दिल की कही है।"

"भगवान के लिए मेक, मैं तुमसे प्रार्थना करती हूं, बात को और न बढ़ाओ।"

"ओहो, यह बेतकल्लुफी! तो तुम अभी से इसका आधा नाम लेकर पुकारने लगीं!" बालडोन ने और भी क्रुद्ध होते हुए कहा।

"ओह टेड, मैं तुमसे भी विनती करती हूं कि मेरी खातिर... उस प्रेम की खातिर जो तुम्हें मुझसे है, इस बात को दरगुज़र कर दो और..."

इस पर मेक मर्डो बोल उठा, "एटी, अगर तुम थोड़ी देर के लिए किसी दूसरे कमरे में चली जाओ तो हम अभी एक मिनट में फैसला किए लेते है..."

"वह भी हो जाएगा, लेकिन पहले इसे देख लो शायद तुम्हें अभी तक इसका पता न हो," कहते हुए बाल्डोन ने अपनी आस्तीन ऊंची

उठाकर वह खास निशान जो उसके बाज़ू पर बना था दिखाते हुए कहा, "जानते हो यह कैसा निशाना है?"

"निशान है और बस," मेक मर्डो ने कंधे उचकाकर कहा, "और अब सीधे यहां से दफा हो जाओ वरना ऐसा ही एक निशान मैं तुम्हारी खोपड़ी पर भी बना दूंगा।" और यह कहते हुए मेक मर्डो ने अपनी पतलून की पिछली जेब में से पिस्तौल निकाल लिया।

टेड बाल्डोन ने तने हुए पिस्तौल की ओर, फिर मेक मर्डो और फिर एटी के चेहरे की ओर देखा और यह कहते हुए ज़ोर से दरवाज़ा बंद करके बाहर निकल गया, "एटी, इस शख्स की तरह मैं तुम्हें भी माफ नहीं करूंगा।"

क्षण-भर के लिए कमरे में गहरा सन्नाटा छा गया। फिर एटी ने बढ़कर अपनी सुडौल बांहें मेक की गर्दन में डाल दीं, "ओह प्यारे मेक, तुम कितने दिलेर, कितने बहादुर हो! लेकिन मैं भी कितनी अभागिन हूं कि मेरे साथ अब तुम्हें भी वह सब भुगतना पड़ेगा। सुनो, क्या ऐसा नहीं हो सकता कि हम लोग किसी तरह यहां से निकल भागें– मैं, तुम और बाबा?"

मेक मर्डो ने बड़े प्यार से उसकी बांहें हटाते हुए और उसके होंठों पर चुंबन देते हुए कहा, "इस तरह घबराने या भयभीत होने की ज़रूरत नहीं प्रिये, तुम नहीं जानतीं कि मैं स्वयं भी उसी दल का एक सदस्य हूं। यह बात मैं तुम्हारे बाबा को भी बता चुका हूं और वे इसी कारण से मुझे अपने घर से निकाल रहे हैं। तुम्हें अब तक इसलिए नहीं बताया था कि कहीं तुम भी मुझसे घृणा न करने लगो..."

"घृणा...तुमसे? नहीं मेक, तुम उन जैसे निर्दयी नहीं हो

सकते...मैं किसी निर्दयी आदमी से प्यार कर ही नहीं सकती। सुनो, अगर तुम सचमुच उस दल के सदस्य हो, तो फिर उसके सरदार मेक जंटी से जाकर क्यों नहीं मिलते? बल्कि तुम्हें अभी जाकर बाल्डोन की बात उसे बतानी चाहिए।"

"मैं खुद यही सोच रहा था– ठीक है, मेरी ओर से तुम अपने बाबा से कह देना कि आज रात के लिए वे मुझे क्षमा कर दें। कल सुबह मैं किसी दूसरी जगह अपने रहने का प्रबंध कर लूंगा।" और यह कहकर वह बाहर गली में निकल आया और फिर उस शराबखाने की ओर लम्बे-लम्बे डग भरने लगा जिसमें मेक जंटी का निवास-स्थान भी था और सकोर्र दल का अड्डा भी।

2

शराबखाने में दाखिल होते ही मेक मर्डो ने देखा– हॉल के सिरे पर काउंटर का सहारा लिए मुंह में एक सुलगता हुआ मोटा-सा सिगार दबाए ऊंचे कद का एक भारी-भरकम आदमी बड़ी बेपरवाही से खड़ा आनेवाले ग्राहकों की ओर देख रहा है। यही उस शराबखाने का मालिक, कार्पोरेशन का कौंसलर और 'आज़ाद' आदमियों के दल-का सरदार, बल्कि वर्मेसा वादी का बेताज़ बादशाह मेक जंटी था। उसके सिर के बाल काले, घने और गरदन तक लटके हुए थे। गालों की हड्डियां उभरी हुई और आंखें इतनी भैंगी थीं कि देखने से डर लगता था।

"क्यों, क्या बात है?– और तुम कौन हो?" मेक मर्डो को सीधा

अपनी ओर आता देखकर मेक जंटी ने त्योरी चढ़ाकर पूछा।

"मिस्टर मेक जंटी, मैं इस कस्बे में नया-नया आया हूं और आपकी सेवा में नमस्कार करने उपस्थित हुआ हूं," और यह कहते-कहते मेक मर्डो ने अपने दाएं बाज़ू की आस्तीन ऊपर चढ़ाकर, कलाई पर बने निशान की ओर संकेत कर दिया।

"ओह!" मेक जंटी बुदबुदाया, "क्या नाम है तुम्हारा?"

"मेक मर्डो"।

"मेरे साथ आओ।"

मेक जंटी के पीछे-पीछे मेक मर्डो काउंटर के पीछे एक छोटे- से कमरे में पहुंचा जहां शराब के अनगिनत पीपे रखे थे। मेक जंटी ने बड़ी सावधानी से दरवाज़ा बंद कर दिया। फिर एक पीपे पर बैठकर सिगार चबाते हुए अपने मुलाकाती की ओर तीखी नज़रों से देखने लगा।

दो मिनट तक गहरी खामोशी रही, जिसे भंग करते हुए मेक जंटी ने अपनी फटी हुई भयानक आवाज़ में पूछा :

"तुम्हें किस जगह और किस लॉज का सदस्य बनाया गया था?"

"शिकागो में लॉज नम्बर 29।"

"कब?"

"24 जून, 1872 को।"

"बॉडी मास्टर कौन था?"

"जेम्ज़ एच. स्काट।"

"और ज़िलाधीश?"

"बार्थों लोमियो विलसन।"

"वहां तुम क्या काम करते थे?"

मेक मर्डो ने अखबार की एक कतरन जेब से निकालकर मेक जंटी की ओर बढ़ा दी जिसमें शिकागी की मार्केट स्ट्रीट के एक शराबखाने में किसी जोन्ज़ पिंटो नाम के व्यक्ति की हत्या किए जाने का उल्लेख था और 1875 के जनवरी मास की सातवीं तिथि दर्ज थी।

मेक जंटी ने कागज़ पढ़कर उसे वापस देते हुए पूछा, "तो तुम्हीं ने मारा था?"

मेक मर्डो ने सिर के इशारे से हामी भरी।

"कारण?"

"बात असल में यह है कि मैं वहां जाली डॉलर बनाने का धंधा करता था और यह पिंटो उन्हें चलाने में मेरी सहायता किया करता था। एक बार ज़रा-सी बात पर बिगड़कर वह मुझसे कहने लगा कि वह मेरे खिलाफ मुखबरी करेगा। सम्भव है, उसने ऐसा किया भी हो; लेकिन मैंने हालात का इंतज़ार करना ज़रूरी न समझा और तुरंत उसे ठिकाने लगाकर इधर चला आया।"

"इधर– इधर किसलिए?"

"इसलिए कि इधर ऐसी बातों पर विशेष ध्यान नहीं दिया जाता।"

इस पर मेक जंटी ने एक भरपूर लेकिन भयानक कहकहा लगाते हुए कहा, "खूब! अपने बयान के मुताबिक पहले तुम जालसाज़ थे, फिर हत्यारे बने और अब मेहमान बनकर मेरे पास आए हो!"

"जी हां, ऐसा ही समझिए।"

"क्या अब भी डॉलर बना सकते हो?"

"जी क्यों नहीं," मेक मर्डो ने अपनी जेब से छः-सात सिक्के निकालकर दिखाते हुए कहा, "ये डॉलर मैंने यहां आकर ही बनाए हैं।"

मेक जंटी ने उन जाली डॉलरों को अपनी बनमानुस जैसी चौड़ी हथेली पर रखकर परखते हुए कहा, "मुझे तो असल और नकल में कोई फर्क नज़र नहीं आता। बहरहाल अब मुझे विश्वास हा गया है कि वर्मेसा में तुम्हारा आगमन तुम्हारे और हमारे दल के लिए हितकर ही सिद्ध होगा। खैर, अब मुझे बताओ कि तुम्हें यहां आने के बाद कोई असुविधा तो नहीं हुई?"

और यों बड़े सलीके से वह अवसर आ गया जिसके लिए मेक मर्डो मेक जंटी से मिलने आया था। उसने तुरंत एटी से अपने प्रेम और टेड बाल्डोन के दुर्व्यवहार की सारी तफसील बता दी और यह पेशकश भी कर दी कि यदि टेड बाल्डोन इसका फैसला शारीरिक शक्ति से करना चाहता है तो वह उसके लिए भी तैयार है।

साफ ज़ाहिर था कि मेक जंटी को इस प्रकार की तुच्छ बातों में दिलचस्पी नहीं थी, फिर भी यह एक ऐसी समस्या थी जो लॉज के दो सदस्यों में खून-खराबे का कारण बन सकती थी। कुछ देर तक सोचने के बाद उसने कहा, "तुम्हारे कहने के मुताबिक अगर वह लड़की टेड बाल्डोन की बजाय तुम्हें चाहती है और बाल्डोन के सामने केवल भय के कारण नहीं बोलती, तो मैं बाल्डोन को प्रेम और भय का अंतर समझा दूंगा। तुम्हें अधिक चिंता करने की ज़रूरत नहीं। और अब काम के बारे में मैं तुमसे कहना चाहता हूं कि सबसे पहले तुम्हें हमारी लॉज नंबर 341 का सदस्य बनना पड़ेगा। इस बारे में हमारे तरीके शिकागो की लॉज से काफी भिन्न हैं। शनिवार की रात को लॉज की बैठक में पहुंच जाना। फिर तुम्हें वर्मेसा वादी की आज़ादी का अधिकार दे दिया जाएगा।"

३

निश्चित प्रोग्राम के अनुसार अगली सुबह को मेक मर्डो ने जेकब शेफर्ड का मकान छोड़ दिया और आबादी के सिरे पर मेकनामारा नामक एक विधवा के मकान का एक भाग किराए पर ले लिया।

इस नए मकान में भी उसने जाली सिक्के बनाने का सामान रखने की गुप्त जगह बना ली और लॉज के प्रति वफादारी की प्रतिज्ञा के बाद कई सदस्यों के आग्रह पर उन्हें घर लाकर न सिर्फ वह सामान दिखाया, बल्कि नमूने के तौर पर कुछ सिक्के भी भेंट किए जिन्हें बाज़ार में चलाने में उन्हें कोई असुविधा नहीं हुई। यह सब देखकर

दल के सदस्य सोचने लगे जो व्यक्ति अपनी आवश्यकतानुसार इतनी आसानी से डॉलर तैयार कर सकता है, उसे अपने गुज़ारे के लिए कोई भी काम करने की क्या आवश्यकता है? उनमें से कुछ एक ने जब इस बारे में पूछा तो मेक मर्डो के उत्तर से उन्हें संतुष्ट होना पड़ा। मेक मर्डो का कहना था कि यदि वह बेकार रहकर मज़े की ज़िंदगी बिताने लगे तो पुलिस को उस पर संदेह हो जाएगा और वह गिरफ्तारी या पूछताछ का खतरा मोल नहीं लेना चाहता।

और यह तो सभी जानते थे कि पुलिस का एक जवान अभी से उसके पीछे लग गया था, लेकिन ऐसी कोई परिस्थिति उपस्थित न हो सकी थी जिससे वह मेक मर्डो को कोई हानि पहुंचा पाता। पहले दिन के परिचय के बाद मेक मर्डो अक्सर मेक जंटी के शराबखाने में जाता रहता था, जहां धीरे-धीरे उनका बहुत-से लोगों से परिचय हो गया। उसके शिष्ट व्यवहार, साहसी स्वभाव और निर्भय बातचीत ने उसे काफी लोकप्रिय भी बना दिया था। इसके अलावा अपने प्रतिद्वंद्वी बाल्डोन को उसने जिस प्रकार नीचा दिखाया था, उससे हर किसी के दिल में उसका और भी सम्मान बढ़ गया था। लेकिन उन्हीं दिनों एक और घटना ऐसी घटी जिससे दल का प्रत्येक सदस्य उसके साहस के गुण गाने लगा।

रात का समय था और दल के बहुत-से आदमी मेक जंटी के शराबखाने में बैठे शराब पी रहे थे कि एकाएक दरवाज़ा खुला और पुलिस का एक बावर्दी अफसर, जो इस इलाके में नया-नया तैनात हुआ था, दनदनाता हुआ कमरे में दाखिल हुआ। वास्तव में इधर कुछ समय से इस इलाके में बढ़ती हुई बदअमनी देखकर और उन वारदातों से तंग आकर, जो आए दिन यहां होती रहती थीं और जिन्हें रोकने में स्थानीय पुलिस असमर्थ रही थी, रेलवे अफसरों और लोहे और

कोयले की खानों की मालिकों ने एक नई पुलिस का संगठन किया था और आगंतुक उसी नई पुलिस का एक अफ़सर था। कमरे में दाखिल होकर जब उसने एक उड़ती-सी नज़र उपस्थित जनों पर डाली तो हर कोई बातचीत और गुल-गपाड़ा छोड़कर उसकी ओर देखने लगा। कमरे में गहरी खामोशी छा गई। मेक जंटी नियमानुसार काउंटर के पास खड़ा अपना मोटा सिगार पी रहा था और कमरे में एकमात्र वही व्यक्ति था जिस पर पुलिस अफसर के आगमन का कोई प्रभाव न हुआ था–और होता भी कैसे? उसका तो पूरा जीवन ही पुलिस कर्मचारियों से लोहा लेते गुज़रा था।

"उफ, आज कितनी सर्दी है!" पुलिस अफसर ने अपने दोनों हाथ मलते हुए और मेक जंटी की ओर बढ़ते हुए काउंटरमैन से कहा, "लाओ, व्हिस्की का एक गिलास मुझे भी दो।" और फिर मेक जंटी से सम्बोधित होकर बोला, "अगर मैं गलती नहीं कर रहा तो शायद आप ही इस शराबखाने के मालिक और कार्पोरेशन के कौंसलर मिस्टर मेक जंटी हैं।"

"और आप शायद नई पुलिस के कप्तान हैं!" मेक जंटी ने शुष्क स्वर में कहा।

"जी हां, मुझे कप्तान मारुन कहते हैं, और चूंकि इस इलाके में शांति स्थापित करने और इसे संदिग्ध चाल-चलन के लोगों से मुक्ति दिलाने में हम सबका फायदा है इसलिए मैं आपसे और कस्बे के अन्य चुनींदा व्यक्तियों से अपने काम में सहायता लेने का इच्छुक हूं।"

मेक जंटी ने एक बार फिर उदासीनतापूर्वक उसकी ओर देखा और उसी शुष्क स्वर में बोला, "कप्तान मारुन, हम आपके आगमन के बिना ही काफी अच्छे थे। हमारे यहां पहले क्या कम पुलिस थी

कि बाहर से कुछ नए नमूने लाने की ज़रूरत समझी गई! इसके अलावा मैं पूछना चाहता हूं कि आखिर आप लोगों के यहां आने से क्या फर्क पड़ेगा? आप पूंजीपतियों की तनख्वाहदार कठपुतलियां हैं और आपका कर्त्तव्य इससे अधिक कुछ नहीं है कि जिस निर्दोष निर्धन पर आपको संदेह हो, उसे लाठी या बंदूक का निशाना बना दें।"

तभी कप्तान मारुन ने एक हाथ उठाकर उसे रुकने का संकेत किया क्योंकि उसकी नज़र कुछ दूर बैठे मेक मर्डो पर जा पड़ी थी, "ओहो!" कप्तान ने अपना गिलास गट-गट चढ़ाने के बाद उसकी ओर देखते हुए कहा, "तुम तो मेरे पुराने परिचित हो।"

मेक मर्डो अपनी कुर्सी पर बैठे-बैठे ही मेक जंटी से भी अधिक शुष्क स्वर में बोला, "मैंने जिंदगी में कभी किसी सिपाहीज़ादे को अपनी मित्रता के योग्य नहीं समझा और न आइंदा कभी समझूंगा।"

"मित्रता अलग चीज़ है और परिचित होना दूसरी चीज़," कप्तान मारुन ने मुस्कराते हुए कहा, "बहरहाल, तुम वही मेक मर्डो हो जो किसी ज़माने में शिकागो में रहा करते थे, और तुम इससे इंकार नहीं कर सकते।"

मेक मर्डो ने अपने कंधे हिलाए, "मुझे इंकार करने की क्या ज़रूरत है! मैं अपने नाम से लज्जित नहीं हूं।"

"यह एक अलग बहस है– क्योंकि मेरे ख़याल में तुम्हारे लिए लज्जित होने के बहुत-से कारण हैं।"

मेक मर्डो एकदम कुर्सी पर से उठ खड़ा हुआ। क्रोध और घृणा से उसकी दोनों मुट्ठियां कस गईं, फिर गरजते हुए बोला, "खामोश! यह तुम क्या बक रहे हो?"

"सुनो मेक," कप्तान ने बड़े ठहराव से कहना शुरू किया, "इस तरह आपे से बाहर होने से कुछ न बनेगा। यहां आने से पहले मैं शिकागो की पुलिस में काम करता था और वहां के रहनेवालों में से यदि कोई मुझे मिले तो मैं उसे पहचानने में गलती नहीं कर सकता।"

इस बात पर जिस तेज़ी से मेक मर्डो का चेहरा लाल हो उठा था उसी तेज़ी से पीला पड़ गया। अटक-अटककर बोला, "तो क्या तुम शिकागो सेंट्रल के मारुन हो?"

"जी हां, सेवक वही मारुन है," कप्तान ने व्यंग्यपूर्वक कहा, "और सेवक को अभी तक याद है कि बेचारे पिंटो को किस प्रकार गोली का निशाना बनाया गया था।"

"लेकिन मेरा उससे क्या सम्बंध...?"

"इसका फैसला तो कोई अदालत ही कर सकती है, लेकिन तुम्हें अपने-आपको सौभाग्यशाली समझना चाहिए कि तुम हम सबकी आंखों में धूल झोंककर फरार हो गए। भेद की कोई बात बताना यद्यपि मेरे पेशे के खिलाफ है, तो भी बात निकली है तो मैं तुम्हें यह ज़रूर बता देना चाहता हूं कि विरोधी पक्ष तुम्हारे खिलाफ कोई ठोस शहादत प्राप्त न कर सका था और इसीलिए अगर तुम वापस शिकागो जाना चाहो तो निश्चिंत होकर जा सकते हो।"

"नहीं, मैं कहीं नहीं जाना चाहता। मैं यहां हर प्रकार से अच्छा हूं।"

"तुम्हारी इच्छा, लेकिन एक बात मैं तुमसे अभी कह देना चाहता हूं कि यहां रहते हुए जब तक तुम सीधी राह पर चलोगे, हम तुम्हें कुछ नहीं कहेंगे, लेकिन अगर तुमने कोई ऐसी-वैसी हरकत की

तो...” और कप्तान मारुन अपना अधूरा वाक्य हवा में उछालकर बड़े दरवाज़े से बाहर निकल गया।

कप्तान मारुन तो इतनी बात कहकर चला गया, लेकिन उसके शब्दों की प्रतिक्रिया यह हुई कि लॉज के सभी सदस्यों की नज़र में मेक मर्डो का कद कई गुना बढ़ गया। यों तो पहले भी उन लोगों को पता चल चुका था कि इस व्यक्ति ने शिकागो में कुछ महत्त्वपूर्ण काम किए हैं, लेकिन वह केवल सुनी-सुनाई बातें थीं। अब प्रत्यक्ष वार्ता ने उनके दिलों पर उसकी पूरी-पूरी धाक जमा दी।

और इस घटना के बाद कार्यक्षेत्र में भी लॉज के सदस्यों ने देखा कि लॉज के कार्यक्रम के अनुसार खूनी तजवीज़ें सोचने और उन्हें अमली सूरत देने में भी कोई उसकी सूझ-बूझ को नहीं पहुंचता था। यदि कुछ देखना शेष था तो केवल यह कि कब उसे कोई विशेष काम सौंपा जाता है और वह उसे किस सफाई से करता है।

लेकिन उन दिनों जब मेक मर्डो ने अपने साथियों में इतनी लोकप्रियता प्राप्त कर ली थी कि हर कोई सम्मानपूर्वक उसके सामने बिछ-सा जाता था, एक खटक ऐसी भी थी जो हर समय उसके दिल को भेदती रहती थी, और वह थी एटी के लिए उसकी प्रणय-पीड़ा। एटी के बाप ने न सिर्फ उसे अपने मकान से निकलने पर विवश कर दिया था, बल्कि यह प्रतिबंध भी लगा दिया था कि वह किसी अवसर पर और किसी बहाने से भी उनके यहां आने की कोशिश नहीं करेगा। लेकिन सच्चा प्रेम ऐसे प्रतिबंधों को कब स्वीकार करता है? फिर यदि मेक मर्डो एटी पर जान देता था तो स्वयं एटी भी जी-जान से उस पर मर मिटी थी। एटी के दिल में यद्यपि यह विचार कई बार विष-सा भर देता था कि उसका प्रणय-सम्बंध एक ऐसे व्यक्ति से हुआ है जो भयंकर अपराधियों का संगी-साथी है और उसे

अपना और अपने पिता का हित इसी में नज़र आता था कि वह उसे सर्वथा भूल जाए और कभी भूल से उससे मिलने की कोशिश न करे। लेकिन ये सभी विचार क्षणिक सिद्ध होते। प्रेमावेग उन्हें तिनकों की तरह बहा ले जाता। आखिर एक रात इन्हीं विचारों से जूझने और रात-भर करवटें बदलने के बाद उसने फैसला किया कि अंतिम प्रयास के रूप में वह मेक मर्डो से मिलेगी और उसे उन कुकर्मों को छोड़ने के लिए कहेगी और यदि वह नहीं मानेगा तो फिर जो भी हो वह अपने दिल पर पत्थर रख लेगी और कभी उसके बारे में सोचेगी भी नहीं।

यही सब सोचकर वह दूसरे दिन सुबह-सवेरे मेक मर्डो के मकान पर जा पहुंची। उस समय वह अपनी बैठक में दरवाज़े की ओर पीठ किए एक मेज़ के सामने बैठा था और एक खुली चिट्ठी उसके सम्मुख पड़ी थी। उसे चिट्ठी पढ़ने में लीन देखकर एटी को एक शरारत सूझी, दबे पांव चलती हुई वह ठीक उसकी पुश्त पर जा खड़ी हुई और फिर अचानक अपने दोनों हाथ उसके झुके हुए कंधों पर रख दिए...

लेकिन इस प्यार-भरी शरारत का जो प्रभाव मेक मर्डो पर हुआ, एटी उसकी कल्पना तक न कर सकती थी। कंधों पर हाथों का स्पर्श पाते ही वह तड़पकर कुर्सी से उठा और दूसरे ही क्षण अपने दाहिने हाथ से उसने एटी की गर्दन दबोच ली और दूसरे हाथ से वह कागज़, जो थोड़ी देर पहले उसके सामने फैला था, मोड़कर अपनी जेब में रख लिया। एटी की गर्दन अब भी उसके लोहपाश में जकड़ी थी जिससे उस कोमलांगी की आंखें बाहर को निकली पड़ती थीं। कुछ समझ में नहीं आता था कि वह यह सब क्या कर रहा है और क्यों कर रहा है कि एकाएक उसकी मुख-मुद्रा बदल गई। भयंकर क्रोध

के स्थान पर आश्चर्य-मिश्रित प्रसन्नता की रेखाएं उभर आईं और अपने माथे पर हाथ फेरते हुए वह बुदबुदाया, "हे भगवान! यह तुम थीं? तुम स्वयं चलकर मेरे घर आईं और मैंने तुमसे यह व्यवहार किया?" और फिर उसका हाथ अपने हाथ में लेकर उसे बार-बार चूमते हुए गिड़गिड़ाया, "मुझे क्षमा कर दो, एटी, मुझे क्षमा कर दो।"

लेकिन एटी के मन का उस अप्रत्याशित दुर्व्यवहार से इतना अधिक आघात पहुंचा था कि काफी देर तक वह अपने आपे में न आ सकी। फिर भी इतना उसने अवश्य जान लिया था कि यह सब किसी असाधारण आशंका या दुर्घटना की प्रतिक्रिया थी। अवश्य ही मेक मर्डो से कोई ऐसा घोर अपराध हो गया है जिससे वह इतना भयभीत है। रुक-रुककर वह बड़ी सहमी आवाज़ में बोली, "मुझे खेद है मेक, कि मैं तुमसे मिलने चली आई। और अब, क्या मैं पूछ सकती हूं कि उस पत्र में क्या लिखा है जिसने तुम्हें इतना भयभीत कर दिया है कि तुमने मुझे..."

मेक मर्डो की गरदन झुक गई। वह दुःखद स्वर में बोला, "अब मैं तुम्हें क्या बताऊं एटी कि उस पत्र में क्या है! बस यह समझ लो कि मैं समझा था, किसी पुलिस अफसर ने पीछे से आकर मुझे पकड़ने की कोशिश की है..."

"आज नहीं तो कल, उन हरकतों का परिणाम जो तुम लोग कर रहे हो, यही होगा। उस पत्र में क्या लिखा है यह जानने की अब मुझे कोई इच्छा नहीं है, मैं तो केवल यह जानने आई थी कि तुम अपने इस अपराधी जीवन को छोड़ने के लिए तैयार हो या नहीं। देखो," एटी ने बड़े प्यार से उसकी गर्दन में बांहें डालत हुए कहा, "मैं तुम्हें प्रेम का वास्ता देकर कहती हूं, इस रास्ते को छोड़ दो। बड़ा भयंकर परिणाम होगा इसका।"

मेक मर्डो ने बड़े दुलार से एटी के बालों पर चुंबन देते हुए कहा, "तुम नहीं जानतीं प्रिये कि अब इस शिकंजे से मैं किसी प्रकार नहीं निकल सकता। अगर ऐसी कोई कोशिश करूंगा तो दल के साथी मुझे विश्वासघाती घोषित कर देंगे और फिर किसी हालत में भी ज़िंदा नहीं छोड़ेंगे।"

"मैंने इन सब बातों पर विचार कर लिया है।" एटी ने दृढ़तापूर्वक कहा, "बाबा का बचाया हुआ काफी रुपया हमारे पास है। वे स्वयं भी इस जगह नहीं रहना चाहते। अब तुम ऐसा प्रबंध करो कि हम तीनों गुप्त रूप से यहां से दूर–बहुत दूर चले जाएं... न्यूयार्क या किसी भी जगह..."

मेक मर्डो कहकहा लगाकर हंस पड़ा। फिर बोला, "तुम नहीं जानतीं प्रिये, कि लॉज की बांहें कितनी लंबी और मज़बूत हैं–पूरे अमेरिका में हम कहीं भी चले जाएं, हम सुरक्षित नहीं होंगे।"

"तो फिर हम किसी दूसरे देश में चले जाएंगे, इंग्लैंड या स्वीडन, जहां से मेरे बाबा इस जगह आए थे। तुम खुद ही सोचो मेक, क्या टेड बाल्डोन हमें क्षमा कर चुका है या कभी कर सकता है? वह तो केवल मेक जंटी के भय से चुप है वरना तुम देखते कि वह क्या-क्या उत्पात मचाता है।"

"वह तो ठीक है प्रिये एटी," मेक मर्डो ने कुछ सोचते हुए कहा, "लेकिन सरे-दस्त इस वादी को छोड़ना मेरे लिए किसी तरह संभव न होगा। लेकिन विश्वास रखो, मैं किसी ऐसे अवसर की टोह में ज़रूर रहूंगा जब सांप भी मर जाए और लाठी भी न टूट।"

एटी यह सुनकर प्रफुल्लित हो उठी। कुछ भी हो, मेक ने उसकी बात रख ली थी और इतना वह जानती थी कि मेक बात का धनी

है। और उन तमाम दिनों में, जब से मेक मर्डो उनका मकान छोड़कर गया था, आज पहला दिन था कि एटी को अपने दुःख-संताप में कुछ कमी होती महसूस हुई।

प्यार और विश्वास-भरे चुंबनों के आदान-प्रदान के बाद जब एटी विदा हुई तो मेक मर्डो ने जेब से वह मुड़ा-तुड़ा पत्र निकालकर पुनः बड़े ध्यान से उसे पढ़ा। फिर तह करके जेब में रखा और बड़ी तेज़ी से लॉज की ओर चल दिया।

सभा-कक्ष में पहुंचकर उसने देखा कि कमरे में चारों ओर तंबाकू के गाढ़े धुएं का बादल-सा छा रहा है और दस-बारह आदमी किसी अज्ञात विषय पर ज़ोरों की बहस कर रहे हैं। दैत्याकार बॉडी मास्टर ने उसे देखते ही एक प्रकार से चिल्लाकर कहा, "तुम आ गए मेक मर्डो, बहुत अच्छा हुआ। मैं तुम्हें बुलवाने ही वाला था। बैठो।" उसने उसे टेड बाल्डोन के पास खाली कुर्सी पर बैठने का संकेत किया और उसके बैठते ही पुनः बोला, "हमारे सामने एक अजीब समस्या आ खड़ी हुई है, समझ में नहीं आता कि उसे कैसे हल करें!"

"आखिर बात क्या है?" मेक मर्डो ने पूछा।

इस पर मेक मर्डो की दूसरी बगल में बैठे व्यक्ति ने उसे बताया कि साथी लैंडर और एगन परसों की हत्या के सम्बंध में झगड़ रहे हैं। दोनों का कहना है कि सेंट्रल खान के मैनेजर की मृत्यु उनकी गोली से हुई थी और हम तय नहीं कर पा रहे कि दोनों में से किसे इनाम का हकदार समझा जाए..."

"ओह!" मेक मर्डो ने कुछ उदासीनता दर्शाते हुए कहा, "मैं समझा था कि आप उस भयंकर समस्या पर विचार कर रहे हैं जिसके

लिए मैं यहां आया हूं।"

"भयंकर समस्या," मेक जंटी के माथे पर बल पड़ गए। टेड बाल्डोन का चेहरा भी सुत गया। दोनों बड़ी बेचैनी से मेक मर्डो की ओर देखने लगे। कमरे में चारों ओर खामोशी छा गई।

अब मेक मर्डो अपनी कुर्सी पर से उठ खड़ा हुआ और जेब से वही पत्र निकालते हुए बोला, "साथियो! मैं आप लोगों को एक बड़ी मनहूस खबर सुनाने लगा हूं, लेकिन किसी बुरी खबर को सुनकर समय पर सावधान हो जाना और आने वाली आफत का डटकर मुकाबला करने के योग्य हो जाना उससे कहीं अच्छा है कि वार अचानक हो और हम सबको तबाहो-बर्बाद कर दे।" फिर उसने हाथ में लिए हुए पत्र को हिलाते हुए कहा, "मुझे एक गुप्त सूचना मिली है कि इस इलाके के सभी धनाढ्य व्यक्तियों और बड़ी-बड़ी कंपनियों के प्रभावशाली मालिकों ने आपस में मिलकर हमारी तबाही के मंसूबे मुकम्मल कर लिए हैं और उन्हीं के संकेत पर पंकरटन एजेंसी का एक प्रसिद्ध जासूस बर्डी एडवर्ड इस समय भी इस वादी में घूम-फिरकर ऐसी शहादतें जुटा रहा है जिनके आधार पर हममें से बहुतों को फांसी के तख्ते पर खड़ा होना पड़ेगा, और ऐसा तो शायद कोई भी नहीं बचेगा जिसे जेल की कोठरी में न सड़ना पड़े।"

अब तक मेक जंटी भी अपनी कुर्सी से उठ खड़ा हुआ था। बड़े नपे-तुले कदमों से मेक मर्डो के पास जाकर उसने मेक मर्डो के कंधे पर हाथ रखा, फिर अपनी भयानक आवाज़ में बोला, "लेकिन यह तुम्हें कब और कैसे मालूम हुआ?"

मेक मर्डो ने हाथ का पत्र मेक जंटी को देते हुए कहा, "इस पत्र में सारा हाल दर्ज है, और शिकागो से चला हुआ यह पत्र मुझे

आज ही मिला है।"

पत्र पढ़कर मेक जंटी थोड़ी देर तक कुछ सोचता रहा, फिर उपस्थित साथियों की ओर देखते हुए बोला, "क्या हमारे दल के किसी आदमी ने उस कमीने बर्डी एडवर्ड की सूरत देखी है?"

"जी हां, मैंने देखी है," मेक मर्डो ने सभी को चुप पाकर उत्तर दिया।

इस पर चारों ओर से आश्चर्यसूचक आवाज़ें सुनाई दीं। चेहरे पर विजयी भाव उत्पन्न करते हुए मेक मर्डो ने आगे कहा, "मैं न सिर्फ उसकी सूरत से वाकिफ हूं बल्कि एक प्रकार से वह मेरे शिकंजे में भी आ चुका है। अब ज़रूरत सिर्फ इस बात की है कि हमें जो कुछ करना है, बड़ी सतर्कता से और जल्द-से-जल्द करें। यदि मुझे दल के साथियों का पूरा-पूरा सहयोग प्राप्त हो जाए तो समझ लीजिए, मैं उस मूज़ी पर मिनटों में काबू पा सकता हूं।"

"वह तो सब ठीक है," मेक जंटी ने फिर कुछ सोचते हुए कहा, "लेकिन मुझे तो इसमें अधिक भयभीत होने का कोई कारण नज़र नहीं आता। आखिर वह हमारा बिगाड़ ही क्या सकता है जबकि उसे हमारी किसी भी कार्रवाई का पता नहीं चल सकता!"

"ओह, मिस्टर मेक जंटी, आप किस भ्रम में पड़े हैं? यदि दल के सभी सदस्य इतने ही मज़बूत और जान पर खेलनेवाले होते जितने कि आप हैं, तो फिर सचमुच खतरे की कोई बात न थी; लेकिन आपको याद रखना चाहिए कि उस कमबख्त बर्डी एडवर्ड को पूंजीपतियों की ओर से कितनी आर्थिक सहायता प्राप्त हो सकती है और अपनी सफलता के लिए वह कितना धन लुटा सकता है। और आप मुझे बताइए कि क्या हमारे दल में से कोई एक व्यक्ति भी ऐसा

नहीं निकल सकता जिसे धन और सुरक्षा का लालच देकर खरीदा न जा सके। जो भी हो, मेरी राय में तो उस बर्डी एडवर्ड का एक ही इलाज है कि..."

"कि जितनी जल्द हो उसे मौत के घाट उतार दिया जाए," वाक्य टेड बाल्डोन ने पूरा किया।

मेक मर्डो ने इस इलाके में आने के बाद पहली बार मुस्कराकर बाल्डोन की ओर देखा और बोला, "साथी बालडोन का कहना सोलह आने सही है। यह अलग बात है कि किसी समय हम दोनों के बीच कुछ मन-मुटाव हो गया था। लेकिन उसका कारण व्यक्तिगत था। दल के हित के लिए मैं मिस्टर टेड बाल्डोन की इस राय का पूरा-पूरा समर्थन करता हूं," और मेक मर्डो ने मित्रता का हाथ टेड बाल्डोन की ओर बढ़ा दिया।

दोनों हाथ मिला रहे थे कि मेक जंटी ने पुनः कुछ सोचते हुए प्रश्न किया, "लेकिन वह मरदूद है कहां और हम उसे कैसे पहचान पाएंगे?"

इस पर मेक मर्डो ने तफसील से समझाते हुए कहा, "यह तो मैं बता ही चुका हूं कि मैं उसे पूरी तरह पहचानता हूं और मेरे ख़याल में यह बताने की ज़रूरत नहीं कि ये जासूस लोग न केवल अपनी शक्ल-सूरत बल्कि अक्सर अपना नाम भी बदल लिया करते हैं। उस कमबख्त ने भी यहां आकर अपने असली नाम बर्डी एडवर्ड की बजाय स्टीव विलसन रख लिया है और इन दिनों हाबस पेच में रहता है..."

"रुको–रुको!" मेक जंटी ने अधीरतापूर्वक कहा, "ये सब बातें तुम्हें कैसे मालूम हुईं?"

"उसी की बातों से...देखिए, मैं आपको और भी तफसील से

बताता हूं। शुरू में जब मेरी उससे मुलाकात हुई तो मुझे उस पर ज़रा भी संदेह नहीं हुआ था और शायद अब भी न होता यदि मेरे शिकागो के साथियों की ओर से यह पत्र न मिलता। इस पत्र की रोशनी में जब मैंने उसकी हरकतों पर विचार किया तो मेरा संदेह सम्भावना में ही नहीं विश्वास में बदल गया। इसी बुधवार को एक अवसर पर जब मेरी उससे भेंट हुई तो उसने मुझे बताया कि वह एक समाचारपत्र का प्रतिनिधि है और सकोर्र दल के षड्यंत्रों का हाल जानना चाहता है ताकि अपने न्यूयार्क के पत्र में वह एक लेखमाला लिख सके। उत्तर में जब मैं बड़े गौर से उसकी ओर देखने लगा तो उसने यह समझते हुए कि मैं उसे जान-बूझकर कुछ नहीं बता रहा, उसने मुझे पैसे का लालच दिया। अब पलड़ा मेरे हाथ में था। मैंने उसे विश्वास दिलाया कि यदि वह काफी पैसों से मेरी सहायता कर सके तो मैं उसे ऐसी-ऐसी राज़ की बातें बता सकता हूं कि वह खुद ही नहीं उसके पत्र का संपादक भी बाग-बाग हो जाएगा। उसने तुरंत बीस डॉलर का एक नोट मेरे हाथ में थमा दिया कि इसे रखो और इसे केवल एडवांस समझो। अगर तुम सचमुच कुछ काम की बातें बता सके तो इससे दस गुना अधिक इनाम दूंगा।"

"फ़िर तुमने क्या जवाब दिया?"

"मैंने कुछ फर्जी हालात बयान कर दिए।"

"लेकिन तुमने यह कैसे जाना कि वह कोई पत्रकार नहीं, जासूस है?"

"इसका हाल भी सुन लीजिए। उक्त घटना के बाद मैं दिन-भर उसके पीछे लगा रहा। संध्या समय जब वह हाबस पेच के तारघर में घुसा और थोड़ी देर के बाद बाहर निकलकर काफी दूर जा पहुंचा, तो मैं सीधा तार-कर्मचारी के पास पहुंचा और मैंने बड़े भोलेपन से

पूछा कि निश्चित समय के बाद तार भेजना हो तो क्या रेट लिया जाता है? 'दुगुना', तार-कर्मचारी ने उत्तर दिया और मेरी तसल्ली के लिए बोला, "अभी एक मिनट पहले जिस व्यक्ति ने तार किया था उसने भी यही रेट दिया है–देख लो,' और मैंने देखा कि वह तार समाचारपत्र के नाम नहीं पंकरटन एजेंसी के नाम था।"

"उफ मेरे भगवान...!" मेक जंटी ने अपना सिगार ज़मीन पर फेंककर उसे पांव से मसलते हुए कहा, "फिर तो हमें जितनी जल्द हो सके उस धूर्त का प्रबंध करना चाहिए।"

"प्रबंध नहीं," टेड बाल्डोन ने भी खड़े होते हुए कहा, "उसे ठिकाने लगाना चाहिए–और मेरी राय में यह काम मिस्टर मेक मर्डो ही के सुपुर्द किया जाए।"

दल के सभी उपस्थित सदस्यों ने उसकी हां में हां मिलाई। बॉडी मास्टर मेक जंटी ने भी इस आशय से मेक मर्डो की ओर देखा।

"मित्रो," मेक मर्डो ने कहना शुरू किया, "यदि मुझे यह मालूम हो जाए कि वह रहता कहां है, तो मैं अभी उसके खात्मे की शपथ ले सकता हूं; लेकिन अफसोस, अभी मुझे उसके मकान का ठीक-ठीक पता नहीं चल सका। जो हो, इस पर भी मैंने एक योजना सोची है, यदि आप उसे पसंद करें।"

"वह क्या?" लगभग सभी ने एक स्वर में पूछा।

"मैं सुबह उसी तार घर में जाकर उसी तार-कर्मचारी से उसका पता पूछने की कोशिश करूंगा और मुझे आशा है कि मैं इसमें सफल भी हो जाऊंगा। फिर उससे मिलकर मैं उसे बताऊंगा कि मैं स्वयं उसी दल का सदस्य हूं जिसके हालात जानने के लिए वह मारा-मारा फिर रहा है और अगर वह मुझे माकूल मुआवज़ा दे तो मैं सकोर्र दल के

सभी सदस्यों का लेखा-जोखा उसे बता दूंगा। मैं समझता हूं कि वह तुरंत इसके लिए तैयार हो जाएगा। तब मैं उससे कहूंगा कि सारे कागज़ात मेरे मकान पर रखे हैं। दिन में तो औरों के डर से मैं तुम्हें बुला नहीं सकता, लेकिन अगर तुम रात के दस बजे मेरे मकान पर आओ तो मैं वे सभी कागज़ात तुम्हें दिखा दूंगा और मुझे कोई कारण नज़र नहीं आता कि वह इसके लिए राज़ी न हो..."

"इसके बाद तुम्हारा क्या करने का इरादा है?

मेक मर्डो मुस्कराकर बोला, "उसके बाद–आप स्वयं फैसला कर सकते हैं कि क्या करना चाहिए। अगर मैं बर्डी एडवर्ड को अपने यहां बुलाने में सफल हो गया, और मैं समझता हूं कि कोई कारण नहीं है कि सफल न होऊं, तो फिर इसकी सूचना आप लोगों तक पहुंचा दी जाएगी। आप सब लोग, जो इस समय यहां उपस्थित हैं, रात के नौ बजे तक मेरे मकान पर पहुंच जाएं। बर्डी एडवर्ड दस बजे आएगा और उसके बाद अगर वह वहां से ज़िंदा बचकर निकल जाए तो फिर लानत है हमारी दिलेरी पर और तुफ है हमारे दल पर।"

मेक जंटी यह अंतिम वाक्य सुनकर बहुत प्रसन्न हुआ। अन्य सदस्यों ने भी बड़े गौरव से मेक मर्डो की ओर देखा। केवल टेड बाल्डोन अपने-आपमें खोया रहा। मालूम होता था, मन ही मन वह पूरी स्कीम दोहरा रहा था और सोच रहा था कि मेक मर्डो की बजाय यदि बर्डी एडवर्ड उसकी गोली का शिकार हो सके तो वह बड़ी आसानी से दल में अपनी खोई हुई प्रतिष्ठा पुनः प्राप्त कर सकता है।

4

विधवा मेकनामारा का मकान, जिसमें इन दिनों मेक मर्डो की रिहायश थी, एकदम आबादी के एक सिरे पर होने के कारण उस षड्यंत्र के लिए, जो उन खूनी भेड़ियों ने अभागे जासूस बर्डी एडवर्ड के खिलाफ रचा था, हर प्रकार से, उपयुक्त था।

जैसाकि तय पाया था, मेक मर्डो जासूस की तलाश में हाबस पेच गया। मालूम होता था, उन लोगों के विरुद्ध पुलिस की सरगर्मियां और भी तेज़ हो गई थीं, क्योंकि वही कप्तान मारुन, जो मेक मर्डो को शिकागो से जानता था और यहां के शराबखाने में चेतावनी भी दे चुका था, उसे रास्ते में मिल गया। उसने मेक मर्डो से बातचीत

करने की काफी कोशिश की, लेकिन मेक मर्डो ने उसे मुंह नहीं लगाया और रास्ता बदलकर चल दिया। तीसरे पहर जब वह वापस सभाकक्ष में पहुंचा तो मेक जंटी और टेड बाल्डोन बड़ी बेचैनी से उसकी प्रतीक्षा कर रहे थे। मेक मर्डो ने बड़े गौरव से अपनी सफलता की घोषणा की जिस पर मेक जंटी ने एक बार फिर उसकी पीठ थपथपाते हुए कहा, "बहुत खूब! इस पहली सफलता के लिए हम सबकी ओर से बधाई लो और अब यह बताओ कि क्या वह मरदूद हमारे बारे में कुछ जानकारी प्राप्त कर चुका है या नहीं?"

"बातचीत से मुझे मालूम हुआ है कि उसे यहां आए लगभग डेढ़ महीना हो चुका है। अब यह तो आप भी सोच सकते हैं कि वह इस वादी के दृश्य देखने नहीं आया होगा। बहरहाल अपनी योजनानुसार जब मैंने उसे अपने यहां आकर कागज़ात देखने को कहा तो वह खुशी से उछल पड़ा और तुरंत नोटों की यह गड्डी मुझे इनाम में दे दी," यह कहते हुए मेक मर्डो ने जेब से नोटों की गड्डी निकालकर मेज़ पर रख दी, "इसे सम्भालिए, इस पर मेरा नहीं, पूरे दल का अधिकार है।"

मेक जंटी ने एक नज़र नोटों पर डाली, दूसरी पास खड़े टेड बाल्डोन पर और फिर बड़ी तीखी नज़रों से मेक मर्डो की ओर देखते हुए बोला, "लेकिन तुम उसे कौन-से कागज़ात दिखाना चाहते हो।"

इस पर मेक मर्डो ने कहकहा लगाते हुए, "मिस्टर मेक जंटी, कागज़ात नहीं, हम उसे अपने हाथ दिखाएंगे, लेकिन उसे बुलाने के लिए ज़रूरी था कि मैं सभा के सदस्यों की सूची, लॉज की नियमावली आदि का ज़िक्र करता कि जब वहां आओगे तो सब दिखाऊंगा। और अब आपसे मेरी प्रार्थना है कि केवल उन्हीं सदस्यों को आप मेरे यहां लाएं जो कल रात यहां उपस्थित थे। सरे-दस्त हमें किसी भी अन्य

साथी को अपने विश्वास में नहीं लेना चाहिए।"

"ऐसा ही होगा, लेकिन समय?"

"ठीक दस बजे उसने आने को कहा है। दरवाज़े पर वह तीन बार दस्तक देगा और मैंने सोचा है कि मैं ही दरवाज़ा खोलने जाऊंगा और आप लोग बैठक में नहीं, मेरे सोने के कमरे में रहेंगे।"

"वह क्यों?"

"वह इसलिए कि अगर कमरे में घुसते ही एक साथ दस-बारह आदमियों पर उसकी नज़र पड़ी तो वह घबरा जाएगा। यह ठीक है कि हमने उसे काफी उल्लू बनाया है, फिर भी अपनी रक्षा के लिए वह कोई-न-कोई हथियार अपने साथ ला सकता है। उस सूरत में गोली चल सकती है और रात के समय गोली की आवाज़ हमारे सब किए-धरे पर पानी फेर देगी।"

"बात तो ठीक है।"

"इसीलिए जो तरकीब मैं बताता हूं, आप सब उस पर अमल करें। आप लोग चुपचाप मेरे सोने के कमरे में बैठे रहें। दरवाज़ा खोलने के बाद मैं उसे बैठक में बिठाकर कागज़ात लेने के बहाने आपके कमरे में आऊंगा। फिर कुछ फर्ज़ी कागज़ात लेकर वापस उसके पास जाऊंगा और जब उसका पूरा ध्यान उन कागज़ों पर होगा, तो मैं पीछे से उसकी दोनों बगलों में अपनी बांहें डालकर उसे काबू में कर लूंगा ताकि उसका कोई हाथ भी उसकी पतलून की जेब तक न पहुंच सके। ज्योंही आपको इस प्रकार की कोई हल्की-सी आवाज़ भी सुनाई दे, आप तुरंत बैठक में पहुंच जाएं। आदमी काफी शक्तिशाली है, सम्भव है, मैं उसे ज्यादा देर तक काबू में न रख सकूं।"

"बहुत अच्छे, बहुत अच्छे," मेक जंटी ने दाद देते हुए कहा, "बड़ी उम्दा तरकीब है और इस मौके पर मैं तुमसे सिर्फ इतना ही कह सकता हूं कि इस कारनामे के लिए हम सब, पूरा सकोर्र दल हमेशा तुम्हारा एहसानमंद रहेगा। इससे भी ज़्यादा मैं पेशीनगोई कर सकता हूं कि मेरे बाद दल का नेतृत्व भी तुम्हारे ही हाथ में दिया जाएगा।"

5

उस रात मेक जंटी और उसके साथी निश्चित समय से पहले ही मेक मर्डो के मकान पर पहुंच गए। देखने में सभी व्यक्ति भद्र और सफेदपोश लग रहे थे और पहली नज़र में उन पर किसी तरह भी अपराधी होने का संदेह न किया जा सकता था, लेकिन ज़रा गौर से देखने पर उनके मिचे हुए होंठ और तनी हुई आंखें साक्षात् गवाही देने लगती थीं कि अब अभागे बर्डी एडवर्ड का बचाव किसी तरह सम्भव नहीं। यों भी उन लोगों में से कोई एक भी तो ऐसा नहीं था जिसके हाथ एक-दो बार नहीं, कई-कई बार खून से न रंगे गए हों।

मेज़बान की हैसियत से मेक मर्डो ने उनके पीने के लिए व्हिस्की की बोतलें मंगवा रखी थीं, जिन्हें उन्होंने आते ही खोल लिया, क्योंकि थोड़ी देर बाद जो काम उन्हें करना था उसके लिए तबीयत को स्थिर बनाने और साहस बरकरार रखने की बड़ी ज़रूरत थी। बाल्डोन तो नशे की हालत में और भी भयंकर हो जाया करता था।

दस बजने से ठीक पांच मिनट पहले सबने अपने-अपने गिलास मेज़ पर रख दिए। कमरे में मानो मृत्यु की-सी चुप्पी छा गई। एक -एक मिनट एक-एक सदी की तरह गुज़रने लगा।

"शी–ई," सहसा मेक मर्डो ने अपना एक हाथ ऊंचा उठाते हुए हल्की-सी आवाज़ निकाली और इसके साथ ही जैसे सबके दिलों ने धड़कना बंद कर दिया।

बाहर के दरवाज़े पर कोई हल्के-हल्के तीन बार दस्तक दे रहा था।

मेक मर्डो ने एक घूमती हुई नज़र अपने साथियों पर डाली जिनके हाथ आप-ही-आप अपने हथियारों पर जा पड़े थे और फिर हलके से बीच का दरवाज़ा भेड़कर वह बैठक में चला गया।

अब सभी साथियों ने बाहर का दरवाज़ा खुलने की साफ आवाज़ सुनी। फिर दबी आवाज़ में दो आदमियों की बातचीत की खुसर-पुसर भी कानों में पड़ी जिनमें से एक आवाज़ तो उन सबकी जानी-पहचानी थी और दूसरी, दूसरी वह थी जिसे कुछ देर बाद ही हमेशा के लिए बंद हो जाना था।

उसके बाद बाहर के दरवाज़े का बंद होना और ताले में चाबी घुमाना–ये दो आवाज़ें भी स्पष्ट रूप से उस कमरे में सुनाई दीं, जिसका मतलब यह था कि शिकार पिंजरे में आ चुका है।

अब सबकी नज़रें उस बीच के भिड़े हुए दरवाज़े पर टिकी थीं और दिलों ने जोर-ज़ोर से धड़कना शुरू कर दिया था।

फिर हल्की-सी चरमराहट के साथ दरवाज़ा खुला और मेक मर्डो मुंह पर उंगली रखे भीतर दाखिल हुआ।

मेज़ के सिरे के पास खड़े होकर उसने उसी प्रकार सब पर घूमती हुई नज़र डाली, जिस प्रकार दरवाज़ा खोलने के लिए जाते समय डाली थी। लेकिन उसकी उस समय की स्थिति में और इस समय की स्थिति में बहुत बड़ा अंतर आ चुका था। उस समय उसके चेहरे पर संदेह और भय के मिले-जुले लक्षण थे, लेकिन अब, अब गौरव से उसकी छाती तनी हुई थी। जब पूरे एक मिनट तक वह कुछ नहीं बोला, बस खड़े-खड़े साथियों को घूमती और घूरती नज़रों से देखता रहा, तो मेक जंटी का धैर्य छूट गया।

"क्यों, क्या हुआ?" उसने अधीरता से पूछा, "क्या बर्डी एडवर्ड नहीं आया?"

"आ गया है," मेक मर्डो ने धीरे-से उत्तर दिया,"बर्डी एडवर्ड अब इसी मकान में मौजूद है– मेरा ही नाम बर्डी एडवर्ड है।"

क्षण-भर के लिए हर कोई स्तब्ध और स्तम्भित रह गया। कुछ समझ न आता था कि आखिर इन शब्दों का अर्थ क्या है, लेकिन ठीक उसी क्षण कमरे की गहरी खामोशी को तोड़ती हुई खिड़कियों के शीशे टूटने और पर्दों के फटने की आवाज़ें कानों में आईं और इसके साथ ही अनगिनत बंदूकों की नालियां दोनों ओर की खिड़कियों से भीतर घुस आईं जिन्हें देखकर दैत्याकार मेक जंटी के मुंह से कुछ ऐसी आवाज़ निकली जैसे घायल रीछ के मुंह से निकलती है, और सबसे पहले वही अपनी जान बचाने के खयाल से अधखुले दरवाज़े की ओर

लपका। लेकिन दरवाज़े में नई पुलिस का वही कप्तान मारुन पिस्तौल ताने खड़ा था जिसे उसने एक दिन अपने शराबखाने में खरी-खोटी सुनाई थी। उसे देखते ही मेक जंटी घबराकर पीछे हटा और पुनः अपनी कुर्सी पर जा गिरा।

"कौंसलर साहब! यहीं आराम से बैठिए," उस व्यक्ति ने जिसका नाम कुछ देर पहले तक मेक मर्डो था, व्यंग्यपूर्ण स्वर में कहा, "और बाल्डोन भैया, मैं तुमसे भी कहता हूं कि अगर तुम अपना हाथ पिस्तौल पर से नहीं हटाओगे तो यहीं ढेर कर दिए जाओगे... हां, अब ठीक है–और अब आपकी सूचना के लिए निवेदन है कि पुलिस के चालीस हथियारबंद सिपाही इस मकान को घेरे हुए हैं। उनके मुकाबले में भीतर बैठे हुए आप बारह आदमी क्या कर सकते हैं, इसका अनुमान आप स्वयं ही लगा लें...और तुम मारुन, आगे बढ़कर इनमें से हरेक के हथियार छीन लो।"

तनी हुई बंदूकों की नालियां देखकर किसी ने चूं तक नहीं की और मारुन ने एक-एक करके सभी के हथियार उनकी जेबों से निकाल लिए। मालूम होता था मानो उस सबको काठ मार गया था और इसीलिए पलक तक झपकाए बिना वे एकटक मेक मर्डो की ओर देख रहे थे।

"आप लोगों से जुदा होने से पहले मैं कुछ बातें आपको बता देना चाहता हूं," मेक मर्डो ने अपने चेहरे पर लगी उन चौबीस आंखों की चुभन महसूस करते हुए कहा, "मेरे ख़याल में अब हमारी अगली मुलाकात अदालत के कमरे में ही होगी जहां आप बारह के अलावा दल के अन्य साठ सदस्य भी मौजूद होंगे। वे आप लोगों के यहां आने से पहले ही गिरफ्तार हो चुके हैं। अपने बारे में मुझे केवल इतना कहना है कि मैं शिकागो लॉज का सदस्य केवल इसलिए बना था और

इसीलिए अपना बाज़ू दगवाया था कि आप लोग मुझ पर किसी तरह का संदेह न करें, वरना जहां तक नकली सिक्के बनाने का सवाल है सबके सब बिलकुल असली सिक्के थे..."

"उफ, बेवफा! गद्दार! पाजी!" मेक जंटी अपनी सनसनाती हुई आवाज़ में गरजा।

"गाली देने का आपको पूरा-पूरा अधिकार है," मेक मर्डो ने मुस्कराकर कहा, "क्योंकि इसके सिवा आप किसी भी दूसरे तरीके से अपना गुस्सा प्रकट नहीं कर सकते। मिस्टर मारुन, मेरा काम अब समाप्त हुआ, आप इन लोगों से जो चाहें सलूक करें और जहां ले जाना चाहें, ले जाएं।"

6

इस घटना या दुर्घटना की अगली सुबह को बहुत सवेरे एक सुंदर नवयुवती और बोझल कपड़ों में लिपटा हुआ एक बूढ़ा व्यक्ति एक स्पेशल ट्रेन पर सवार हो गए जिसे बर्डी एडवर्ड के कहने पर रेलवे कम्पनी ने तैयार कर रखा था और वह स्पेशल गाड़ी कुछ ही घंटों में उन्हें ऐसे स्थान पर ले गई जहां वे हर प्रकार से सुरक्षित थे और उसके दस दिन बाद उस सुंदर नवयुवती के साथ बर्डी एडवर्ड की शादी हो गई।

सकोर्र दल पर जो मुकदमा चला, समाचारपत्र पढ़नेवालों को उसकी पूरी-पूरी जानकारी होगी। यहां केवल इतना बता देना काफी

होगा कि मेक जंटी के लिए फांसी की सज़ा तजबीज़ हुई और वह जो अपनी दिलेरी और बहादुरी पर फूला न समाता था, परीक्षा की उस अंतिम घड़ी में अत्यंत कायर निकला। तख्ते पर लटकने से क्षण-भर पहले तक वह जीवनदान के लिए मिन्नतें करता रहा और हाथ जोड़ता रहा। लेकिन वहां सुनने वाला कौन था! उसके अलावा उसके आठ अन्य साथियों के गले में भी फांसी का फंदा पड़ा। पचास के लगभग ऐसे आदमी थे जिन्हें कैद की लम्बी सज़ाएं दी गईं। अन्य सभी सदस्य इधर-उधर तितर-बितर हो गए, जिनमें से कुछ एक को तो पुलिस पकड़ने में सफल हो गई, लेकिन कुछ एक ऐसे गायब हुए कि आज तक उनका पता नहीं चल सका। जो हो, बर्डी एडवर्ड मे जो काम अपने ज़िम्मे लिया था उसे उसने बड़ी सुरीति से पूरा कर दिखाया।

लेकिन जैसाकि यह दास्तान पढ़नेवाले जानते हैं, बात यहीं समाप्त नहीं हुई थी। वे लोग जो मौके से फायदा उठाकर कहीं भाग गए थे और गुप्त रूप से अपना जीवन बिता रहे थे, उनके दिलों में प्रतिशोध की आग बुरी तरह दहक रही थी और उनमें से प्रत्येक किसी ऐसे अवसर की तलाश में था जब वह दल का सर्वनाश करनेवाले उस व्यक्ति से बदला ले सके। टेड बाल्डोन किसी कानूनी नुक्ते के आधार पर मृत्युदंड से तो बच गया, लेकिन उसे दस साल की कड़ी कैद भुगतनी पड़ी। समय कितना ही लम्बा क्यों न हो, आखिर गुज़र जाता है, अतएव दस साल के बाद जब वह जेल की चहारदीवारी से बाहर निकला तो पहले से भी अधिक भयानक और खूंखार बन चुका था। और उसने जेल में ही प्रतिज्ञा कर ली थी कि वह बर्डी एडवर्ड को आकाश या पाताल में, जहां कहीं भी वह होगा, ढूंढ़ निकालेगा और ऐसी बेदर्दी से उसकी जान लेगा कि ढूंढ़े से उसका उदाहरण न मिले–और यही कारण था कि जब शिकागो में उसने बर्डी

एडवर्ड की जान लेने की कोशिश की तो बर्डी एडवर्ड को वहां से निकल भागने में ही अपनी सलामती नज़र आई और वह अपना नाम बदलकर कैलीफोर्निया आ पहुंचा। वहीं उसे अपनी प्रिय पत्नी एटी के देहांत का असह्य आघात सहन करना पड़ा। जीवन उसके लिए नीरस, तुच्छ और व्यर्थ हो गया और वह यहां-वहां भटकता हुआ अंततः इंग्लैंड आ पहुंचा।

—और यहीं से हम एक बार फिर इंग्लैंड के बर्लस्टोन नामक कस्बे के उस मकान में पहुंचते हैं जिसके चारों ओर खंदक बनी हुई थी और जहां पिछले पांच साल से जॉन डगलस अपनी दूसरी पत्नी सहित एकाकी जीवन व्यतीत कर रहा था, क्योंकि जॉन डगलस का नाम ही किसी ज़माने में बर्डी एडवर्ड था।

●●●